KB094852

서울시 고생구 낙원동 개미가 말했다

서울시 고생구 낙원동
개미가 말했다

"작은 걸음이어도
괜찮아!"

송개미 지음

"휴, 간신히
여기까지 기어왔네."

더퀘스트

5장
12년 차 개미,
변호사가 되다

개미의 10년 치 일기

이십 대는 완전히 끝났다. 이제 나는 대충 어설프게 성숙한 척하며 살고 있다. 스물아홉까지는 망연히 삼십 대가 되기를 기다렸는데 막상 서른이 넘고 나니 깨닫는다. 나이를 먹는다고 갑자기 현명해지거나 대범해지지는 않는다는 것을. 그리고 서른이 되었다고 해서, 그동안 고생했다며 어딘가에서 폭죽이 터지지는 않는다는 것도.

나는 그게 괜히 억울하고 아쉬웠는데 그 이유를 찾기 위해 혼자 골몰하고 글을 쓰다 보니 조금은 알 것 같았다. 나의 20대는 절박하게 엉망진창이었다. 참 많은 정체성을 입었다. 학생으로 시작해 수년간 학원에선 선생님이라 불렸고 아르바이트 중독자로 거듭났다. 취직해서 멀쩡히 일하다가 돌연 사직서를 내고 대학원에 진학했다. 나름대로 고군분투한 결과였으나 어느 하나 만족하고 정착하지 못했다. 친구들은 취직해서 4년 차, 5년 차에 접어들고 누군가는 가정을 꾸리고 아이까지 낳았는데 나만 부표처럼 떠돌아다니는 것 같았다. 현실에 발 내리지 못하고 말이다.

넉넉하지 못한 형편도 한몫했다. 누군가에게 삶은 8지 선다 문제였겠지만 내게는 정오형 문제나 다름없었다. 그렇담 문제 푸는 속도라도 빨라야 할 것 같은데 심지어 나는 속도도 느렸다. 보기가 다 주어져 있고 가볍게 고르면 되는 삶과 다르게 나는 모 아니면 도, 이걸 택하면 다른 하나는 반드시 버려지는 선택의 기로에 서야 했기 때문에 문제를 가볍게 지나칠 수 없었다. 무엇을 택하든 대단한 결과가 나오지 못할 것이란 걸 알면서도. 그렇게 보잘것없는 빵부스러기라도 이고 영차영차 최선을 다해 걸었지만 주위 다른 사람들은 성큼 내디뎌 몇 발자국이면 이내 나를 휙 지나쳐 앞서나가곤 했다. 그 속에서 나는 내가 개미라는 사실을 받아들이지 않을 수 없었다.

그래서. 우습지만 결론을 내렸다. 나는 11년 치 일기를 쓰기로 했다. 스무 살부터 서른 살까지. 불행을 전시하려는 의도는 아니다. 불행 포르노엔 흥미 없다. 다만 이제 곧 청춘이란 지긋지긋하고 식상한 단어와 영원히 이별할 텐데 지난 시간들을 영영 아픔으로 기억하고 싶지 않았다. 내가 어떤 순간에 상처 입었는지, 어떻게 극복했는지, 그 와중에 어떤 행복이 있었는지 하나하나 솔직하게 마주하고 싶었다.

그리고 무엇보다도 한 마리 개미로 살면서 숱하게 울었던 경험들을 나와 닮은 사람들, 우리 보잘것없는 일개미들에게 나누고 싶었다. 나누는 것만으로 우리가 모두 괜찮아지는 것도 아니고 애초에 듣기에 제법 괜찮은 이야기가 아닐 확률도 높다. 그렇지만 설령 이 한 권이 온통 괜찮지 않은 이야기로 점철돼 있다고 하더라도 적어도 나도 당신들과 다르지 않고 우리 모두 여기 있다고 소리치는 데에는 적합하지 않을까. 온통 힙하고 멋진 이야기만 범람하는 세상에서 나 하나쯤은 이런 이야기를 꺼내놓아도 괜찮지 않을까. 그런 희망이 내게 있다.

길게 말했지만 결국 내가 이 일기를 쓰며 가장 바라는 것은 이거다. 김개미, 박개미, 정개미…. 눈물진 길을 걸어 흉터 가득한 당신들에게 나만 그런 건 아니구나 하는 위로를 건네고 싶다.

1

안녕,
내 이름은 개미.
대학생이죠

나라에 빚졌다,
아주 많이

수능이란 성인이 되는 관문이 아닌가 생각했다. 열아홉이 끝날 때까지 모두가 대학 하나만을 최우선으로 삼는 나라니까 영 그른 생각은 아닐 거다. 십 대들의 꿈이 거의 '수능 대박' 한 가지로 꼽히는 현실을 구태여 비판하고 싶지는 않다. 그건 나 아니어도 많이들 비판한다. 내가 아쉬웠던 건 대학에 가면서부터 어떤 현실을 맞이하는지 아무도 알려주지 않았다는 거다. 좀 구차하고 찌질한 얘기라도 현실의 문제를 제대로 말해주는 어른이 있었으면 좋았을 터인데, 모두들 대학만 가면 살도 쭉쭉 빠지고 캠퍼스의 수많은 이성 친구들 중 제법 말끔하고 선한 사람이 저절로 내 짝이 될 것처럼 좋은 얘기만 했다.

아르바이트도 조금은 고되지만 그마저도 다 의미 있고 즐거운 일이고, 친구들과 떠나는 배낭여행은 평생의 추억이 된다고. 글쎄, 틀린 말은 아니겠지만 그 모든 기쁨을 누리려면 현실의 문제부터 해결해야 한다는 전제조건을 왜 단 한 사람도 말해주지 않은 건지 도통 까닭을 모르겠다. 심보 고약한 어른들 같으니라고.

　나는 수능 100% 전형으로 우선선발됐다. 그 덕에 일반전형 입시 결과를 기다리는 친구들보다 조금 빨리 해방을 맞이할 수 있었다. 하루는 합격증을 출력해놓고 방에서 뒹굴고 있었는데 갑자기 오빠가 옷 입고 나오라고 했다. 따라간 곳은 은행. 무슨 영문인지 모르는 나를 옆에 세워두고 뭔가 열심히 절차를 밟았다. 그때까지만 해도 나를 데려왔으니 나와 관련된 일이겠거니 했다. 지금도 나는 그때 은행에서 정확히 무엇을 한 것인지 모른다. 확실한 건 그날 내가 공인인증서를 처음 발급받았다는 거다. 그다지 좋은 선생님은 못 되는 오빠가 집에 돌아와 대강 해준 설명은 이러했다. '너도 알다시피 너나 나나 사립대학에 다니는데 등록금이 어마어마하다, 부모님이 내줄 수 없으니까 한국장학재단에서 대출을 받아야 한다, 네가 아무것도 모를 테니 이번에는 내가 도와줬지만 다음 학기부터는 네가 알아서 학자금대출을 받아야 한다.'

그때 내가 얼마나 겁이 났는지는 아무도 모를 거다. 대출이라는 개념을 현실에서 접할 기회가 전혀 없던 내게 대학을 가려면 400만 원이라는 큰돈을 1년에 두 번씩 4년이나 대출받으라는 말은 가히 공포스럽게 들렸다. 조금은 억울하기까지 했다. 대학을 안 가면 안 된대서, 그것도 좋은 대학일수록 좋다고 해서 다른 생각은 안 하고 열심히 공부해서 대학에 붙었더니 인제 와서 대학에 가려면 빚을 내라고? 그렇지만 다른 방도가 없었다. 그렇게 나는 세상에 나오다가 얼결에 나라에 빚을 지게 됐다. 빚은 이후로도 계속 졌다. 쭉. 아주 많이.

이렇게 하루아침에 빚쟁이가 된 것도 대학에 입학하면서부터였는데 경제적 형편의 차이라는 것을 처음 적나라하게 느낀 것도 대학생활을 시작하면서부터였다. 인간은 본래 자기 본위로 생각한다고, 나는 내가 학자금대출을 받으며 충격을 받은 탓인지 무의식중에 다른 친구들도 마찬가지려니 생각했다. 그러나 하필 빵빵한 집안 자제들이 수두룩한 신촌의 사립대학에 입성한 탓에 내 예상과 동떨어진 냉혹한 현실을 예고 없이 겪어야 했다. 예를 들면 부촌으로 널리 알려진 동네에 사는 동갑내기 친구는 집이 너무 넓어서 가족들이 무전기를 사용한다고 했다. 또 누구는 전철을 한 번도 이용해본 적이 없다더라. 당시 나는 이미 충분히 기죽어 있는 상태였으므로, 무전기를 사용한

다는 말에 "왜 핸드폰 두고 무전기를 따로 써?"라고 물어볼 정
도의 위트를 발휘할 수 없었다. 다만 나의 대학생활에 이런 충
격이 수없이 발생할 것이란 예감이 들었는데 대체로 이런 종
류의 불행경보는 오작동한 적이 없었다.

버킷리스트에 연애는 없다

ㅜ ^ ㅜ

내가 대학생이던 시절 서점가에선 주로 20대를 향한 조언, 잔소리를 담은 책이 유행이었다. 그 많은 저명한 저자들의 인생관이 어째서 다 비슷비슷한 것인지 모르겠지만 무엇을 들춰보아도 연애하고 사랑해라, 여행을 떠나라, 정기적인 적금을 들어라, 등의 충고가 공통적으로 읽혔다. 나는 늘 그게 불만이었다. 그런 충고는 연애도 하고 여행도 다닐 정도로 적당히 힘든 청춘들에겐 먹힐지 모른다. 하지만 나처럼 애초에 버킷리스트에 연애가 없는 사람에겐 뜬구름 잡는 소리처럼 들렸다.

처음부터 연애를 등한시한 건 아니었다. 나도 같은 학교 남학생을 보며 교복 아래로 심장 콩닥거린 경험이 있기 때문에 자유로운 대학생이 되면 그땐 꼭 연애를 하리라 다짐했다. 나름대로 바라는 애인상도 선명했다. 키는 나보다 크기만 하면 돼, 그렇지만 어깨는 넓으면 멋있겠지. 다정하고 현명한 사람이었으면 좋겠어.

이러한 기대감은 대학가 물가를 파악하고 나자 쑥 꺼져 버렸다. 고등학생 때 독서실 근처에서 다니던 김밥집은 2,000원이면 배불리 먹을 수 있었고 4,000원이면 제육덮밥도 먹을 수 있었다. 그러나 전철역에서 학교 정문까지 가는 길에 있는 거의 모든 밥집은 메뉴당 가격이 7,000원을 웃돌았다. 둘이 먹으면 대략 15,000원. 커피를 마시면 못해도 20,000원은 쓸 터였다. 그렇게 한 주에 두 번만 만나도 한 달에 160,000원이었다. 하지만 연애라는 것이 늘 그렇듯 밥값은 거의 매번 예산을 넘어설 터였는데 거기서 영화라도 보면 답이 안 나왔을 상황이었다. 친구들은 과외를 더 늘리면 되지 않느냐고 했지만 이미 나는 매달 300,000원만 쓰고 그 이상 버는 돈은 부모님께 드리고 있었으므로 과외를 더 늘려도 달라질 게 없었다. 그렇다고 연애 좀 해보자며 부모님께 용돈 주세요, 소릴 하고 싶진 않았다. 이런 나에게 주위 사람들은 그럼 나랑 비슷하고 잘 맞는 사람을 찾아보라고 했지만 글쎄, 나처럼 쪼개고 쪼개서 아껴 쓰는, 좀 궁상맞은 데이트도 상관없는 사람을 찾아내서 좋아하고 사랑하는 일은 너무나 요원해 보였다.

결국 나는 이미 너무 많은 걸 삭제해서 너덜거리는 버킷 리스트에서 연애마저도 지워버렸다. 내가 취할 수 있는 가장 간편한 길이었다. 연애 자체가 싫어진 건 아니었다. 누군가를 나 혼자 짝사랑할 때도, 그러다가 감정이 발전하여 그 상대와 서로 은근한 눈짓을 주고받기만 해도 그 느낌이 간지럽고 달콤했으므로 본격적인 연애를 해보고 싶었다. 하지만 내 앞가림도 힘든 처지에 나와 잘 맞을 수 있는 사람을 어디선가 찾아와야 하는 일을 굳이 시작하기엔 난 너무 지치고 힘들었다.

그런 이유로, 나는 20대에게 연애하라는 소릴 하는 어른을 미워했다. '떡볶이, 컵라면만 먹어도 당신과 함께라면 영혼 충만한 사랑을 느낄 수 있어서 좋아!'라고 말하는 상대라 해도, 뚱뚱한 지갑이 없다면 연애는 시작하지 않는 게 낫다. 시궁창에서 낭만은 꽃 피지 않는다. 적어도 나는 그렇게 생각했다. 20대 가슴 속에 대책 없는 연애 욕구나 불어넣고 책을 파는 어른들은 원래 이렇게 무책임한가 보지? 퉤, 입이 썼다. 하지만 한편으론 나에겐 언제 가능할까 싶은 애인과의 맛집 탐방이 취미라고 말하는 친구들이 못내 부러웠다.

900칼로리의
고백

사는 게 만만하지 않았지만 아이러니하게 나는 긍정회로 하난 기차게 잘 돌렸다. 그중 하나가 다이어트. 고등학교 3학년 시절 야자 끝나고 먹었던 야식 때문에 대학 입학 후에는 몸이 10kg가량 불어 있었다. 그래, 어차피 아껴야 할 돈, 먹는 거 줄여서 제대로 아껴보자! 때마침 수강하던 식품영양학과 교양수업 때 다이어트에 대해 들었다. 여성의 하루 권장 칼로리가 대략 2,000kcal인데 지방은 1kg을 칼로리로 환산하면 7,700kcal라고 한다. 그러니 하루에 900kcal만 먹으면, 즉 1,100kcal를 덜 먹으면 일주일에 7,700kcal를 줄이는 셈이니 1kg가 빠질 수 있다 했다. 이거, 완전 획기적인데?

다이어트를 계획한 그날부터 나는 바로 식단을 짜기 시작했다. 주식은 묽은 죽. 집에 있는 백미, 찹쌀, 흑미 뭐든 골고루 섞어서 아주 묽은 죽을 푹푹 끓였다. 냉장고에 쓰다 남은 채소들도 잘게 썰어 넣었다. 그래도 학교생활을 할 땐 이런 묽은 죽만으로는 배가 고프니까 가끔 간식을 먹었는데 주로 구운 달걀, 두유, 방울토마토 가운데 한 가지를 먹었다. 방울토마토는 집 앞 시장에서 500g에 2천 원으로 싸게 구할 수 있었고 두유도 당시 편의점에서 한 팩에 천 원을 밑돌아 식사비가 많이 줄었다.

식단에 그치지 않고 매일 한 시간씩 운동까지 곁들였다. 헬스장은 등록해봐야 돈 아깝게 한두 번 가고 끝날 게 뻔해서 집에서 음악 틀어놓고 맨몸운동을 했다. 지금 생각해보면 그때 운동하는 영상을 찍어서 유튜브에 올렸다면 나와 같은 평범한 다이어터들에게 크게 공감받지 않았을까 싶다. 그렇게 유명한 유튜버가 되었어야 했는데! 어쨌거나 좁은 방안에서도 온몸이 흠뻑 젖을 정도로 열심히 운동을 했고 약 두 달 안 되는 기간 동안 13kg을 감량할 수 있었다.

그사이 재미난 일도 있었다. 학내 신문 기자였던 친구가 학교에 도시락을 싸오는 학우들을 인터뷰해 기사로 내볼 궁리를 하고 있던 것. 당연히 나도 취재원으로 낙점됐고 사진기자가 와서 도시락 먹는 콘셉트의 사진도 찍어갔다. 이 기사는 지금도 학보 홈페이지에 검색하면 찾아볼 수 있는데, 그 덕에 인터뷰를 하고 6년이 지난 어느 날 친구의 구글링 한 번에 검색이 되는 바람에 잠시 놀림거리가 되기도 했다.

어찌 됐든 도시락을 싸서 편도 한 시간 반 거리의 학교로 통학하는 일은 결코 쉽지 않았지만 그렇다고 또 못 할 것도 아니었다. 그때가 대학생활 중 가장 의욕적이고 활기찼던 시기가 아니었나 싶다. 비록 황사와 먼지 속에서 굳이 조깅을 하다가 피부병이 생기는 바람에 다이어트는 중단되었지만 이후로도 나는 여차하면 도시락을 챙겨 다니며 식비를 절감했다. 내가 이토록 부지런할 수 있다는 놀라움, 나의 건강과 지갑에 동시에 이렇게 많이 신경 쓰고 있다는 충족감이 있었기에 가능했던 것 같다. 언젠가는 '개미의 도시락'이라는 부제 하에 식비 절감 도시락 메뉴를 소개할 기회가 오면 좋겠다.

그림문자가
시가 되던 오후

    우리 학교에서는 심화전공 아니면 복수전공을 선택해야 하는데 국문학도였던 나는 복수전공을 하지 않고 국문학을 선택했다. 이유는 세 가지. 첫째, 복수전공하고 싶은 과가 없었다. 언론학부도 기웃거려 보았고 철학이나 역사 강의도 조금씩 들어보았지만 내가 하고 싶은 공부인지 감이 안 왔다. 경영, 경제학과는 왠지 나랑 잘 안 맞을 것 같은 괴상한 예감이 들었다. 이 괴상한 예감이 이후에 취직난으로 이어질 줄은 몰랐지만. 둘째, 교양수업을 듣는 데 학점을 많이 쓰고 싶었다. 복수전공을 하면 꼼짝없이 80학점은 전공으로 채워야 하는데 나는 종합대학에 다니는 장점을 살려 다양한 교양 강의를 듣고 싶었다. 마지막, 국문학이 너무 좋았다.

　　하지만 이런 나도 수업에 들어가기 전에 덜컥 겁을 먹은 적이 있었는데 바로 한문학 전공수업을 처음 들을 때였다. 나는 1년을 통으로 쉬지 않고 가을학기 딱 한 학기만 휴학했으므로, 봄학기와 가을학기를 사이좋게 네 번씩 반복하고 졸업하는 다른 학생들과 달리 가을학기는 세 번, 봄학기는 다섯 번이나 보내고 졸업해야만 했다. 여기서 문제가 생겼다. 해마다 똑같은 전공수업이 개설되는데, 한 학기만 다섯 번씩이나 반복해서 등록해야 하니 고를 수 있는 전공수업의 가짓수가 부족했다. 가을학기에는 원하는 전공수업을 골라 듣는 대신 봄학기에는 모든 전공수업을 수강해야 졸업학점을 채울 수 있었던 것. 어쩔 수 없이 과목명부터 무섭게 느껴지는 '한문학강독' 수업을 신청한 뒤 나는 너무나 긴장한 나머지 개강 전에 한자자격증 2급을 따기까지 했다.

　　그렇게 잔뜩 겁을 집어먹은 채 처음 만나 뵌 한문학 교수님은 참 특이하신 분이었다. 얼굴색이 몹시 검었는데 척 보기에도 음주와 흡연을 즐기시는 것 같았다. 상당히 마르셨고, 우리 과 교수님들이 대개 그러하듯 옷차림에는 크게 신경 쓰지 않으시는 듯했다. 글씨는 휘갈겨 쓰셨으며 목소리가 나긋나긋했다. 말씀하실 때마다 잔잔하게 수면에 이는 파동이 귀로 느

꺼지는 기분이었다.

교수님은 가끔 철학적인 질문을 우리에게 던지시기도 했다. 어느 날엔가 내 이름을 호명하시더니 '슬픈 것이 아름다운 이유가 무엇인가?' 하셨다. 그걸 제가 어찌 아나요! 하는 말이 목 끝까지 차올랐지만 차마 그리 대답하지는 못하고 고도의 순발력을 발휘하여 김영랑의 <모란이 피기까지는>을 언급하며 답했는데 너무도 긴장한 나머지 구체적인 내용은 잘 떠오르지 않는다. 중요한 건 이거다. 교수님께서는 내 대답을 들으시곤 빙긋 웃어 보이셨다.

"자네가 그렇게 생각할 줄 아는 사람이라서 자네 아버지는 참 기쁘시겠군."

지금도 이해할 수 없던 건 그때의 나였다. 교수님의 그 한 문장이 얼른 이해가 안 가서 한참을 멍하게 있었던 것이다. 교수님께선 이내 눈길을 거두고 무심하게 수업을 시작하셨지만 나는 계속 그 한 마디 속에서 허우적거리고 있었다. 그러다가 천천히 긴장이 풀리고 괜찮아지기 시작했다. 이런 칭찬은 정말로 처음이라 심장 뛰는 소리가 쿵쾅쿵쾅 울렸다.

그날 이후부터 수업에 임하는 자세가 달라진 것은 당연하다. 색다른 경험이었다. 간신히 더듬더듬 읽을 수 있는 한자들이 오와 열을 맞춰 잔뜩 나열되어 있는 문자열이 이토록 아름다운 글이 되어 나에게 깊게 와 닿았다니. 경이롭기까지 했다.

전공수업 들었던 기억이 그렇게나 강렬하냐고 의문을 느끼는 사람들도 있을 것이다. 나는 그럼 되물을 것이다. 당신들에게도 사소하지만 살아가는 힘이 되어주는 순간들이 있지 않나요? 한문학 수업 시간이 내겐 그랬다. 그림인지 글자인지 도통 모르겠는 복잡한 그림문자들이 교수님의 입을 거치면 문학이 되었다. 낯선 문자로 된 글을 읽으면서도 나는 스승과 교감하고 인정의 말을 들었다. 그건 일종의 온기였다. 나에 대한 의심이 수없이 피어나고 삶이 녹록치않다는 생각에 손끝이 차가워질 때쯤 슬며시 찬 피부를 데워주는 온기. 아마 내가 20대를 아득히 돌아보는 나이가 되더라도 봄날 오후의 한문학 수업은 잊을 수 없을 것이다.

소설가가 되지 못한 나에게

한창 소설 창작 수업을 들을 때다. 어릴 때는 시 좀 쓴다는 소리를 들었지만 소설은 또 달랐다. 몇 번인가 도전하다가 중도에 멈추곤 했으므로 대학에 와서는 일부러 강의까지 수강했지만 내 소설은 금방 힘을 잃곤 했다. 또, 나는 아름다운 문장을 쓰지 못했다. 그래서인지 대단한 사건을 이끌어가는 사람보단 소소한 이야기를 유려하게 적어내는 사람이 더 부러웠다. 괴상한 상상력도 나에겐 없었다. 그래서 짧은 고민 끝에 나는 창작을 할 수 없겠다고 생각했다. 정확히는 창작을 할 재주가 없다고 생각했다. 더 정확히는 창작을 하겠다고 덤빌 용기가 부족했다. 앞으로 십수 년의 시간을 혹은 그 이상을, 스스로의 부족한 재능을 돌보며 '올해는 꼭, 제발 올해는 꼭.' 이렇게 염원만 하며 살게 될 것 같아 싫었다. 그냥 눈앞이 캄캄했다.

건강의 이유로 술을 멀리하시는 아빠가 어느 날 새벽, 술에 취하셔서는 우리 딸이 작가가 되었으면 좋겠다고, 우리 딸 글 잘 쓰니 꼬옥 작가가 되었으면 좋겠다고 하셨다. 하지만 이어 술냄새를 풍기며 이렇게 덧붙이셨다. "근데 그 길은 너무 힘드니까 아빠가 그런 말을 할 수가 없었어. 아빤 두 번 다신 이런 말 하지 않을 거야." 나는 반쯤 멍하게 듣고 있었던 것 같다. 새벽이 고요한 시간이라는 걸 새삼 느꼈다.

단 한 번도 그런 적이 없었는데, 창작 수업을 들으며 타인의 재능이 부러운 나머지 고통스럽기까지 했다. 태어나 처음 느껴보는 강렬한 질투심이었다. 왜, 세상엔 소설이란 개념이 존재하는 걸까. 그냥 하고 싶은 말이나 전달하면 충분할 걸 왜 문학이란 게 태어나고 작가라는 직업이 생겼나. 그냥 삶이 풍요로워지니까 생겨난 사치스러운 명예와 직업이라고 생각해버렸다. 영문학 시간에 문학의 기원이랄까 그런 것을 신나게 배워놓고도 속으로 무작정 그렇게 우겼다. 우와, 진짜 찌질했다.

돌이켜 보건대 내가 그토록 속상했던 건 일종의 고정관념 때문이었다. 글 쓰는 재주가 있는 아이는 자라서 수필가가 될 수도 있고 시인이 될 수도 있고 기자가 될 수도 있고 혹은 아예 글 쓰는 재주를 살리지 않을 수도 있다. 하지만 대다수의 사람들은 글 잘 쓰는 청소년을 보면 이렇게 말한다. "와, 너 나중에 소설가가 되겠구나!" 십 대에 어쭙잖게 글 좀 썼던 대가로 나는 그런 말을 참으로 많이 들었고, 그 말들이 내 안에 차곡차곡 누적되지 않았나 싶다. 그래서 은연중에 글쓰기 중 최고봉은 소설 쓰기라고, 그러니 나도 그걸 꼭 잘해내야 한다고 스스로에게 강요했던 모양이다.

지금 나 자신을 평가한대도 나는 차라리 소설평론을 하면 했지 소설 쓰는 재주는 없다. 하지만 그땐 그걸 몰랐다. 그래서 없는 재능과 애서 숨바꼭질하며 고생했던 거지. 재능이 없으니 그 길을 가면 안 된다는 변명을 주워섬기며. 그 후로 이 년쯤 지나서야 나는 내가 어떤 글을 가장 잘 쓰는지 대강이나마 알게 되었고 그 깨달음을 발판 삼아 다시 열심히 글을 쓸 동력을 얻었다. 아쉬운 건 다시 자신감을 찾을 때까지 꽤 시간이 걸렸다는 사실이다. 그래서 나는 지금도 친구들이 무언가 하고 싶은데 선천적인 능력이 부족한 것 같다고 속상해하면 반드시 괜찮다고 말해준다. 그 분야의 재능이 보잘것없다 하더라도 너는 다른 것들을 너무나 잘하니까 너무 걱정하지 말라고.

짝사랑과
생선 가시와
립스틱

평생 덕후로 살 기질을 가졌다. 웬만해선 한 번 마음 준 대상에 질리는 일이 없고, 지치지도 않고 좋은 요소들을 계속 찾아낸다. 친한 친구들은 이런 나를 디테일 변태라 부른다. 옳은 말이다. 문제는 내가 금사빠 기질도 갖추었다는 사실인데 두 가지가 결합되면 본인에게 몹시 해롭다. 그렇기 때문에 어쩔 수 없이 난 짝사랑 경험이 꽤 많은데, 가장 마음 아팠던 짝사랑 이야기를 해볼까 한다.

대학교 2학년 때였나, 대외활동을 하며 알게 된 3살 연상의 오빠 S를 좋아했다. 기업의 후원을 받아 콘서트나 연극, 뮤지컬 등의 공연을 보고 홍보하는 대외활동이었다. 첫 미션은

야외콘서트였는데 발이 아픈 관계로 나는 먼저 빠져나와 숙소로 향했다. 그 길에 S가 함께했다. 그는 내게 부채질을 해주고 내 손에 음료를 쥐어준 뒤 택시를 잡았다. 숙소에 도착했을 무렵엔 이미 S에 대한 호감이 피어나고 있었다.

일방향의 감정은 아니었을 것이다. 호감의 신호를 받았던 것도 같다. 둘이 같이 미션하자고 연락이 오기도 했고 도중에 팀이 한 차례 바뀌었을 때 내가 같은 팀이 되자 몹시 좋아하는 모습을 봤다. 옆에 있던 다른 오빠가 S를 툭 치며 이렇게 말했으니까. "축하해, 잘됐다." 하지만 그게 다였다. 결국 핑크빛 없이 대외활동은 끝났다. 나는 연애바보였고 눈치도 좀 없었으며 무엇보다도 생활고에 지쳐 내가 연애의 주인공이 된다는 상상을 해보지 못했다. 하지만 반년이나 S를 마음에 남았기 때문에 흐지부지 끝난 썸이 내게는 꽤 아픈 감정으로 남아 있었다.

그랬으니 2015년 여름에 오랜만에 S에게서 연락이 왔을 때 내가 얼마나 설렜는지는 짐작이 갈 거다. 왜 이렇게 대뜸 연락이 왔는지 생각해볼 겨를도 없었다. 만나는 사람 있는지, 소개팅 시켜주면 할 건지 내 상황을 떠보는 말이 가볍게 들어오는가 싶더니 이내 보고 싶으니 얼굴 좀 보자고 했다. (아마도) 서로 좋아했던 사이니 다시 만나면 필경 좋아지리라 생각했고 설레는 마음으로 그를 만났다. 너무 긴장해서 사실 밥 먹을 때 젓가락 끝이 살짝 떨렸다.

하지만 결과부터 말하자면 결국 그와 나는 이번에도 잘 안 됐다. 한 세 번쯤 만나서 밥을 먹었는데 그걸로 끝이었다. 나는 S를 원망하는 대신 나를 꾸짖었다. 내가 재미없게 군 탓이야. 너무 꾸미고 나가면 좋아하는 티 날까 봐 좀 수수하게 한 게 잘못이었어. 한 사람에 대한 마음이 두 번이나 실패하니 속이 쓰렸다. 그래서 꽤 절박한 마음으로 기분을 전환할 기회를 찾아 헤맸다. 대화할 힘도 없으면서 사람들을 만났고 먹지도 못할 음식을 시켜선 깨작거리다가 수저를 내려놓고 아쉬워했다. 친구들에게도 힘껏 징징거렸다. 나 좀 달래줘, 위로해줘, 쓰다듬어줘. 감정의 기복도 상당히 심했다. 애써 침착한 척 일상을 보내다가도 사소한 계기가 있으면 왈칵 짜증을 냈다. 방금 한 말을 대화 상대방이 되묻는 게 귀찮아서, 거칠게 움직이는 버스가 짜증나서, 고작 그런 이유들로 신경을 곤두세웠다.

불안정한 상태는 2주가량 지속됐다. 도저히 그 상태에서 빠져나오지 못할 것 같았다. 이러다 말라 죽지 싶었는데 역시 죽으란 법은 없는지 괜찮아질 계기는 갑자기 찾아왔다. 아침 밥상에서 가시가 유난히 많아 생선살을 다 먹지 못한 날이었다. 머리끝까지 스트레스가 차오른 차에 목구멍에 걸리는 생선가시는 상당히 치명적이었다. 그 순간 나는 체중 관리, 지갑 관리와 같이 끝없이 자기 절제를 실천해야 하는 과제들을 놓아버렸다. 에라, 모르겠다. 다이어트는 내팽개치고 편의점으로 뛰어가 컵라면을 두 개나 먹었다. 이어 화장품 로드샵 세일 마지막 날, SNS에서 유명한 색상의 립스틱도 아슬아슬하게 구매에 성공했다. 그러자 놀랍게도 기분이 가라앉기 시작했다. 순식간에 찾아온 심경의 변화가 얼떨떨하지 않았다면 거짓말이다.

어릴 땐 화가 나는 이유도, 그 화를 푸는 방법도 단순했다. 그러나 언제부턴가 옛날에 하던 방법으론 안 된다는 걸 깨달았다. 경험이 다양해졌기 때문일까. 이전까진 몰랐던 감정을 배우고, 만나본 적 없는 유형의 사람을 만나고, 그렇게 세상을 인식하는 틀이 섬세해졌기 때문인 것 같다. 점점 내가 이해할 수 없는 이유로 문제가 생기기 때문에 그걸 해결하는 길도 복잡해질 수밖에 없다고 추측했다. 그 사실이 기쁘진 않았지만 긍정적으로 받아들이기로 했다. 반대로 생각하면 특별한 까닭 없이도 삶은 이렇게 순식간에 괜찮아지기도 하는 모양이니까.

그렇다면 앞으로도 어떤 새로운 난제를 만나든 또 나름의 방법으로 평정을 찾아갈 수 있겠지. 그리고 생선가시와 립스틱으로 오랜 짝사랑의 여운과 사랑 앞에서 한없이 을이 되어버렸던 시간을 시원하게 날려버린 이런 경험이, 이보다 격정적인 심경의 변화가 생기는 날에 좋은 길잡이가 되어 주리라 기대한다. 모든 순간이 나를 만든다.

언어의 세상,
세상의 언어

내 전공을 몹시 사랑했다. 국어학, 국문학은 참 매력적인 학문이다. 어학 수업을 들을 땐 내가 사용하는 말이 어디서 왔는지 깨닫는 기쁨을 느꼈다. 단어가 어떻게 생성되는지 탐구하는 시간에는 단어들끼리 얼마나 촘촘하게 씨실과 날실 관계를 맺는지 배우기 시작했다. 그들의 의미관계를 알자 단어가 결합된 문장을 보는 눈이 달라졌다. 하고 싶은 말이 있으면 떠오르는 대로 툭툭 내뱉었던 나였으나 점차 말을 고르고 골라 가장 적합한 표현을 하기 위해 노력했다.

어학 수업이 이랬으니 문학 수업은 말할 것도 없이 재밌었다. 이전까지 들어본 적 없는 것 같은 이야기라도 '이토록 개성 있는 인물, 이토록 구성진 줄거리가 존재했구나!' 감탄하며 읽고 나면 이런 이야기가 충분히 존재할 수도 있겠구나, 이건 우리 사는 이야기구나, 하고 설득당했다. 시는 또 어떻고. '매일 밤 치욕을 우유처럼 벌컥벌컥 들이켜고 잠들면 꿈의 키가 쑥쑥 자랐을 때(심보선, <청춘>)'와 같은 표현은 가슴에 품고 살았다. 고전도 파고들수록 흥취가 피었다. 아무리 생각해도 전공 하나는 잘 선택했노라고 자화자찬했다.

전공을 좋아하는 아주 현실적인 이유도 있었다. 우리 과는 해외 유학 경험이 없어도 교수가 될 수 있는 유일한 학과다. 영문학이나 불문학 등 다른 어학 전공의 경우엔 유학파 금수저 친구들을 이기기 쉽지 않았지만 국문학은 달랐다. 어릴 때부터 읽고 쓰고 고민했던 내공이 그대로 내 힘으로 발휘될 수 있었다. 그래서 나는 꽤 자신만만했다. 그렇기 때문에 내가 전공 공부를 하며 불안해하는 날이 올 줄은 꿈에도 몰랐다.

발단이 된 특정한 사건은 없었다. 다만 내가 하고 싶은 이야기가 많아지면서 점차 눈먼 만족감에 균열이 가기 시작했다. 대학에 입학한 뒤 2~3년 동안 교지도 만들었고 학보에 칼럼도 기고했다. 글을 소비하고 향유하는 것을 넘어서 본격적으로 내 목소리를 담는 수단으로 사용하기 시작한 셈이었다. 그러자 내가 이렇게 전공 공부에 만족하며 살아도 과연 괜찮은

지 의문이 들었다. 세상은 불완전하고 사회엔 미담보다 괴담이 넘쳐나는데 문학 홀로 상상력의 세상에서 존재해도 괜찮은 것일까. 예리한 언어 감각을 가진들 문학적인 즐거움에만 사용된다면 그것을 의미 있다 말할 수 있을까. 배운 것을 토대로 사회에 선한 영향을 끼치고 싶은 욕구 또한 있었으므로 더욱 불안했다.

그러던 중 하루는 예상치 못한 제안이 들어왔다. 친하게 지내던 언니가 20대가 만드는, 20대를 위한 시사 잡지를 창간하려고 시도 중이었는데 거기에 인문학도의 시선으로 바라보는 시사 이야기를 써보라는 것이었다. 꼭지 이름은 '인문학도가 들려주는 시사 이야기'라나. 당시의 흔들리던 나에겐 거창하고 부담스러운 주문이 아닐 수 없었다. 그래도 내 근심의 답을 찾아볼 겸 꼭 멋지게 글을 써내고 싶었다. 아이템을 탐색할 시간은 충분했다. 소설 창작 시간에 '사람들은 주변 사람들의 욕망을 수없이 모방하고 모방이 질투와 갈등으로 이어져 결국 만인에 대한 투쟁 상태로 진입하였다가 희생양에게 폭력을 쏟아부어 마무리된다'라는 '욕망의 삼각형 이론'을 배웠는데 이를 적용하여 당시 사회적으로 큰 문제였던 '왕따 사건'을 탐구해 보기로 결심했다.

글을 쓰는 과정은 이러했다. 르네 지라르의 책을 찾아 읽고 타인을 모델링하여 이상향을 모방하는 게 무엇인지, 이렇게 욕망의 과정에서 끝없이 타인을, 옆 사람을 모방하게 되면 어떤 문제가 발생하는지, 그것이 왕따 사건과 어떻게 유사한지 심혈을 기울여 밝혀보았다. 물론 결론부터 이야기하자면 처음 의도만큼 빼어난 글이 나오진 않았다. 그러나 중요한 것은 (진부한 이야기지만) 글을 쓰는 과정 그 자체에서 내 공부의 새로운 가능성을 발견할 수 있었다는 사실이다.

예컨대 나에게 문학은 종잇장 안에서만 완벽하게 존재하는 세상처럼 보였지만 사실 작품 하나하나는 현실 세계 인간의 본성과 사회의 본질, 그 작동 원리를 아주 날카롭게 그려내고 있다. 그것은 작가가 인간의 행동과 자취를 끈질기게 밟아나갔기 때문에 가능한 것이고 작가가 세상과 긴밀하게 상호작용한 결과물이다. 그렇기 때문에 소설 작법·평론의 원리들은 세상을 보는 하나의 틀이 될 수 있는 것이다.

개똥철학에 불과하지만 내가 스스로 배운 내용을 동원해 사회고발적인 글을 쓰고, 그 행위를 통해 직접 얻은 깨달음과 믿음이 있었기에 그 기고 글을 완성하고 한동안 나는 흔들리지 않고 나아갈 수 있었다. 나에게 언어는 내게 허락된 가장 소중한 세상이었다. 그리고 언어는 사회의 산물이니까 내가 하잘

것없는 사람이어도, 내 목소리가 아무리 작아도 내 글은 세상 어딘가에선 동그랗게 파문을 그릴 수 있었다. 세상이 모조리 뒤엎어진다고 해도 어딘가엔 내가 써놓은 글이 남아 있을 것이라는 생각은 꽤 근사한 기분이 들게 했다. 사소하게는, 문학을 배워서 도대체 어디에 써먹을 수 있느냐고 조롱하는 사람들에게 문학도 충분히 쓸모 있다고 대꾸할 수 있게 되어 기뻤다. 내 세상을 지키는 일은 이만치 값지고 벅찬 것이었다.

제발 시험 좀
보게 해주세요

언론고시란 말이 있다. 언론사, 즉 기업에 입사하기 위한 시험이지만 언론인은 공적인 일을 한다는 인식이 있어서 고시라는 말이 붙은 것 같다. 물론 서류, 작문 및 논술과 상식 시험, 현장실기, 면접 등으로 이어지는 전형이 정말 국가고시라도 보듯 통과하기 몹시 어려운 이유도 무척 크다.

이 언론고시를 1년 조금 넘게 준비했다. 나는 기자를 준비했는데, 현장을 뛰어다니며 이야기를 수집한다는 게 매력적으로 느껴졌다. 또 기자로서 어찌 수행하느냐에 따라 뜻깊은 일도 평생 할 수 있었다. 게다가 좋은 일 하면서 월급도 받을 수 있으니 금상첨화라 생각했다. 그러나 지나고 보니 언론고시는 이보다 훨씬 전투적인 마음으로 임해야 합격할 수 있는 시험이었던 것 같다.

생각건대 내가 언론고시를 볼 때 힘들었던 건, 결국 이건 기업의 입사 시험이므로 합격과 불합격이 기업 내부의 고유한 기준으로 갈렸기 때문이지 싶다. 그래서 수차례 시험을 거듭해도 내가 무엇이 얼마나 어떻게 부족한지 알지 못했다. 취직이라는 게 늘 그렇듯 비슷한 경험치, 능력치를 지닌 두 사람이 같이 지원했는데 한쪽만 합격하는 일은 비일비재했다. 단 한 명만 뽑는 자리에 선발된 사람의 아버지가 모 유명 언론사의 국장이라는 소문이 돌기도 했다. 믿거나 말거나, 그런 소문을 들으면 내가 든든한 배경을 거느린 자들을 이길 만큼 능력 있는 사람인지 자기검열을 하게 됐다.

이런 일도 있었다. 모 신문사에서 필기시험을 보고 떨어졌다. 그러려니 했는데 작문을 채점했던 기자에게서 연락이 왔다. 답답할 응시생들을 위해 작문 채점 결과를 공개하려 하는데, 내 작문을 창의성 있는 작문의 예시로 공개해도 되겠냐는 것이었다. 필기시험에 떨어진 응시자의 작문을 구태여 사용한다는 것이 역설적이게 느껴졌다. 내 작문은 평가 결과가 어땠는지 물었더니 문장도 좋고 신선하고 주제형성도 잘 되어있다고 답이 왔다. '그럼 저는 필기시험에서 왜 떨어졌나요?' 너무나 궁금했던 것을 물어보니 다시 답이 왔다. 본인은 작문만 채점해서 거기까진 알 수 없다고.

　작문을 그렇게나 잘 썼음에도 필기시험의 벽을 넘지 못했다면 필기시험을 대체 얼마나 망쳤다는 것일까? 도무지 감을 잡을 수 없었다. 솔직히 말하면 1년 반가량 언론고시를 준비하며 서류에서 참 많이 떨어지고 제발 시험 좀 볼 수 있게 해달라며 무던히 속상해했다. 어찌어찌 필기를 보게 되더라도 다음 관문으로 넘어간 적이 없었다. 그렇게 실패는 차곡차곡 누적됐지만 그 기간 동안 한 번도 내가 얼마나 못 봤는지, 내 답안지는 몇 점짜리인지 대강이라도 알 수 있었던 적이 없었다. 갑갑했다. 그리고 갑갑함을 이기지 못해 결국 나는 언론인의 길은 포기했다.

　포기하는 김에 한 가지 다짐도 했다. 앞으로 웬만하면 시험은 국가 주관 시험을 보자고. 명확한 정답을 기준으로 채점되고 기준과 결과 모두 공개되며, 평균값과 중간값을 알 수 있어서 내가 얼마나 보충하면 되는지 짐작 가능한 시험을 치르자고. 물론 그 이후 다른 회사에 취직을 했으므로 다짐이 몇 개월 못 간 셈이지만 적어도 당시의 나는 몹시 절박한 심정이었다. 취직이라는, 절대적으로 내가 을이 되는 관문 앞에서 예측 가능성이 전무한 시험을 계속하기엔 삶의 피로도가 지나치게 높았다.

언론고시를 준비하며 조금 결이 다른 종류의 치사한 일도 겪었다. 언론고시생 멘토링 프로그램에서 알게 된 K와의 일이었다. K는 아마 내게 약간 호감이 있던 것 같다. 굳이 밥을 사주러 멀리 우리 학교까지 왔으니 말이다. 그런데 버킷리스트에 연애가 없던 탓에 눈치가 빵점이었던 나는 설마 그게 호감 표현이리라고는 전혀 생각하지 못했다. 그래서 어떻게 했냐고? 밥은 여럿이 먹어야 더 즐겁다며 K와 함께 알던 D와 연락해 셋이서 점심을 먹었다.

지금에서야 깨달은 건데 그때 K는 나에게 거절당했다고 생각했을 것 같다. 본의 아니게 무례한 방식으로 거절해버린 건 나도 미안하다. 하지만 이후부터 K는 내게 아주 치졸한 복수를 실컷 했다. 결국 유명 언론사에 합격한 K는 나에게 가끔 안부를 물어보며 이런저런 자료가 필요하지 않느냐고 물어왔다. 예측 가능성 전무함에 질려 있던 나는 매번 필요하다고, 너무 감사하다고 답했다. 그럼 K는 언제까지 보내주겠노라 약속만 하고 연락 없이 잠수를 타버렸다.

먼저 합격한 사람이 주는 정보가 간절했던 나는 애써 K를 이해하려고 스스로를 설득했다. 입사 초인데 얼마나 바쁘겠어. 마와리(기자가 출입처를 돌아다니며 기삿거리를 찾는 것. 입사

초엔 그 강도가 무시무시하다.) 기간이 끝날 때까진 기다려보자. 마와리가 끝난 뒤에도 그런 일이 반복되자 난 그때도 스스로를 설득하기 위한 기적의 논리를 개발했다. 익숙하지 않은 취재 생활이 얼마나 피곤하고 힘들겠어. 일부러 이러는 것도 아닐 거야. 여유가 생길 때까지 기다리자. 그러나 아무리 시간이 지나도 나와 한 약속을 지킬 여유는 찾아오지 않는 모양이었다. 우리의 마지막 대화는 대략 이랬다.

"개미야, 내가 너무 늦게 연락했지? 미안해. 메일 주소 알려주면 내일 꼭 보내줄게."

"아니에요, 오빠. 저 기자 준비 그만두려고요."

"그래? 아쉽게 됐네. 언제 밥이나 먹자. 수고해."

오징어를 제대로
찢어먹자는 외침

어릴 때부터 오징어를 좋아했다. 마른오징어를 가스불로 대충 구워서 질겅질겅 씹어 먹는 게 그렇게 맛날 수 없었다. 오죽하면 과자보다 좋아했다. 그런 내가 중학생쯤 되자 마른오징어를 두고 벌어지는 이상한 현상이 눈에 들어왔다. 모든 사람들이 오징어를 가로로 찢어먹으며 질기다고 불평을 하는 것이었다. 오징어는 몸통을 세로로 자르면 앞니만으로도 똑 끊어 먹을 수 있는데. 고기는 결의 반대 방향으로 잘라야 부드럽다며 수육도 스테이크도 고기결의 반대 방향으로 잘라 먹으면서 왜 오징어만은 구태여 결대로 자르고는 낑낑거리는 것일까? 이해할 수가 없었다.

물론 이런 의문은 머릿속에 자리했다가 금방 사라졌다. 대입, 교우관계, 가정형편 등 중요하고 굵직한 문제들이 내 인생에 산재했기 때문에 한갓 오징어 찢어먹는 방법 따위는 오래 고민할 일이 아니었다. 그러나 대학에 들어가고 일 년쯤 지나자 불현듯 오징어 찢어먹는 방법이 슬그머니 다시 생각났다. 오징어를 가로로 찢는 것만큼 이해할 수 없는 현상들이 주위에 비일비재했기 때문이었다. 예를 들자면 재력으로 사람의 계급이 나뉘는 것, 그 계급이 고착화되는 것.

중산층이 사라졌다고 매스컴에서는 떠들었지만 실제로 내가 성인이 되어 겪은 사회에는 경제적으로 여유로운 사람들이 참 많았다. 이렇게까지 잘 사는 사람들이 많았나? 충격을 받을 정도였다. 하지만 더 충격적이었던 것은 부유함이라는 게 내가 생각한 것보다 훨씬 한눈에 알아보기 쉽더라는 사실, 그리고 눈에 보이는 부유함이 사람과 사람을 가르는 어떤 척도가 된다는 사실이었다.

사정이 이러하다 보니 내가 본 부유한 사람들은 대체로 또 다른 부유한 사람들과 어울렸다. 똑같이 입시를 거치고 대학을 졸업한 뒤 일자리를 구해 사회로 나가는 일련의 삶을 살았지만 그들에게는 얼마든 자신을 위해 투자할 수 있는 돈과 넉넉한 재력으로 인해 충분한 시간적 여유와 심지어는 사회에서의 경험과 직업까지 주어졌다. 그러니 삶을 사는 태도와 여유가 다를 수밖에. 세상이 그들을 대하는 태도도 달랐다. 거칠게 말하면 이 사회의 거의 모든 사람들이 계급의 차이를 시각적으로 더욱 선명하게 만들고 있었다.

내 눈에 이러한 현상은 마치 오징어를 찢어먹는 것과 비슷하게 보였다. 사람을 굳이 어떤 기준으로 나누어본다면 탕수육을 먹을 때 부먹파인지 찍먹파인지 혹은 피자가 좋은지 치킨이 좋은지 등 좀 더 평화롭고 다정한 기준을 세워볼 수 있을 것이다. 그러나 내가 사는 세상에선 -도저히 나 하나의 성실함만으로는 이루기 어려운- 재력, 부유함이라는 잔인한 기준으로 사람과 사람이 나뉘고 계급이 고착화된다. 그리고 상처와 패배감은 되물림되어 세상에 뿌리내린다. 그야말로 이로 씹어봐야 턱에 부담만 줄 뿐이라는 것을 알면서도, 세로로 찢기라는 더 좋은 방법이 있는데도 끝끝내 가로로 오징어를 찢는 것과 다를 바 없어 보였다.

청춘이라는 단어를 실감할 20대 대학생 시절에 나는 이렇게 아픈 깨달음을 얻었다. 가난하고 사회에 영향력 하나 끼칠 수 없는 여자애가 오징어를 세로로 잘라먹자고 소리쳐봐야 아무런 소용이 없었다. 이런 말을 하는 게 내 무력함의 지표처럼 느껴지기도 한다. 그렇지만 제발, 이제 오징어를 세로로도 자르고 대각선으로도 자르고 아니면 그냥 냅다 이로 콱콱 씹어 먹었으면 한다. 우리가 오징어를 가로로 찢는 이유는 하나다. 그렇게 답습했으니까. 하지만 오징어를 가로로 찢어먹음으로써 잃는 것은 많다. 턱관절과 치아 건강, 먹기 불편해짐에 따라 감소하는 마른오징어에 대한 흥미. 누구나 건강한 몸으로 살고 싶어하는 것처럼 나 역시 병들지 않은 사회에서 살고 싶다. 오직 부유함이라는 척도 하나만 남아 결국 돈 때문에 많은 것을 잃어버리게 되는 사회가 아니라 제각각 가진 다양한 사정이 오롯이 포용되는 건강한 사회 말이다.

최소한의 집이란

대학생 때 살던 집은 서울 변두리 구석에 있는 다세대 주택이었다. 아주 오래된 집이었지만 맨 위층에 살던 집 주인은 집을 관리하는 데 큰 관심이 없었다. 세입자들이 주차할 수 있는 공간은 딱 한 칸이었는데 우리가 이사할 땐 거기를 쓰게 해줄 것처럼 말해놓고 다른 세입자에게도 똑같이 말한 집주인 탓에 주차 문제도 심각했다.

내부도 엉망이었다. 일단 높은 문지방에 자주 발톱이 부딪혔다. 손바닥만 한 부엌에는 화장실 귀퉁이에나 있을 법한 아주 작은 창문이 달려 있었고 창문을 열면 바깥이 보이는 게 아니라 공용 복도가 보였다. 부엌에서 요리를 하면 열기가 빠져나가지 못해 집안이 금방 냄새나는 찜통이 되었는데 원래 아껴 먹으려면 밥을 사 먹지 말고 해 먹어야 하기에 우리는 울며 겨자 먹기로 끼니때마다 찜통부엌에 들어가야 했다. 곱슬머리가 초라하다며 출근할 때마다 머리를 손질해야 하는 엄마는 부엌에서 요리 한 번 했다 하면 머리가 엉망이 되는 통에 무진 스트레스를 받으셨다. 집이 이 지경이니 바퀴벌레도 나왔다. 큰 놈으로 몇 마리를 봤는지 모르겠다.

그때 그 집은 우리에게 고난의 상징이었다. 바깥에서 고생하고 돌아오면 집에서라도 푹 쉬어야 하는데 집이 좁고 엉망이니 집에 오면 더 스트레스를 받았고 그래서 각자 열이 오른 가족들끼리 신경전이라도 벌어지면 결말이 늘 안 좋게 났다. 하필 그때가 우리 집 수입도 가장 적을 때라서 부모님께선 심심찮게 다투셨다. 정말 크게 싸우셔서 '이번에야말로 이혼하실까?'하는 생각을 가끔 했다. 그래서 나는 우리가 불행하기에 이런 집에서 살게 된 것인지 이런 집에서 살아서 불행했던 건지 인과관계를 명확히 알 수 없었다.

그리고 시간이 흘러 우리 가족은 주머니 사정에 맞춰 다섯 번의 이사를 거쳤다. 요즘 우리 가족이 사는 집은 저 우울한 집과 크기가 비슷하다. 그런데 창도 크고 환기가 꽤나 잘 되며 오래된 집이지만 구조가 괜찮기 때문에 큰 불편함이 없다. 집

주인이 건물 안팎을 늘 청소하며 관리하기 때문에 쾌적한 것은 덤. 우리가 당시 불편했던 가장 큰 이유가 크기인 줄로만 알았는데 사실 구조만 조금 바뀌었다면, 자재나 창문 크기가 달라졌다면 좀 더 좋았겠구나, 하는 걸 깨달았다.

　그 집에서 8년이나 살고 이사할 때 얼마나 기뻤는지 모른다. 진짜로 덩실덩실 춤도 췄다. 그 집을 떠나는 것만으로도 우리 가족에게 더 좋은 날들이 찾아올 것 같다는 기대감이 있었고 실제로 집이 주는 스트레스가 줄어들자 쉴 때 여유를 가질 수 있었다. 숨통이 트이니 이제는 그런 생각이 든다. 사람이 사는 데 최소한의 조건을 만족하는 집이라는 게 실질적으로 무엇인지 정의내릴 수 있고 모든 설계와 건축과 이를 뒷받침하는 제도가 뒤를 따랐으면 좋겠다. 아무 뒷받침 없이 그저 만연히 떠올리는 생각이지만 내 진심이다. 맘에 안 드는 집은 있어도 나쁜 집은 없었으면 좋겠다.

복숭아
프로젝트

복숭아를 좋아한다. 복숭아가 뭔지 알았을 때부터 지금까지 세상 모든 먹을 것 중 가장 좋아하는 것은 복숭아다. 탕수육 부먹파와 찍먹파가 나뉘듯 복숭아도 딱복과 물복으로 취향이 나뉜다고 하는데 내가 볼 때 그건 중요치 않다. 말랑하건 딱딱하건 복숭아는 그저 존재해주는 것만으로 감사하며 경건한 마음으로 먹으면 된다.

그런데 복숭아는 워낙 예쁘고 맛있는 과일이라 그런지 좀 비싸다. 지금이야 내가 돈을 버니 즐겁게 사먹을 수 있지만 학생 시절의 나는 한 달을 살아내기 어려울 정도로 적은 용돈으로 생활했으므로 여름이라고 복숭아를 몇 번 사먹었다간 지출 관리가 불가능할 터였다. 혹시나 좀 저렴하게 파는 곳이 있을까 하여 시장을 이 잡듯 뒤졌지만 딱히 그런 곳은 없더라.

그래서 생각해낸 것이 복숭아 프로젝트 통장이었다. 10년 전쯤엔 지금처럼 통장 계좌를 개설하는 데 까다로운 제한이 있는 게 아니었으므로 나는 상당히 많은 계좌를 개설하여 목적에 따라 세부적으로 돈을 쪼개 관리하고 있었다. 여기에 통장 하나를 추가하여 복숭아만 구매하는 용도로 사용하기로 했다.

자금은 어디서 조달하냐 하면. 동전을 모으기 시작했던 저금통이다. 동전이 생기면 지갑에 넣어두고 쓰는 게 아니라 가급적 바로바로 저금통에 모았다는 의미다. 동전도 모으고 가끔은 천 원짜리 지폐도 넣고. 그렇게 세 계절 돈을 모은 저금통을 은행에 가져가면 4만 원 정도는 나왔다. 그걸 복숭아 통장에 넣어두었다가 여름이 되면 그 돈으로 복숭아만 사먹은 거다.

그렇게 사먹는 복숭아는 유달리 맛있었다. 그 맛은 긍정의 맛이었다. 내가 복숭아 사 먹을 돈이 없다고 좌절하는 게 아니라 내 형편에 맞는 방식으로 복숭아를 살 돈을 모았다는 것. 상황에 맞게 내가 이리저리 궁리를 하고 꾀를 내며 살아간다는 것. 나에게 아직 그럴 만한 긍정의 힘이 있다는 것. 그리고 세 계절을 참아 모은 돈을 다른 곳에 안 쓰고 당초에 계획한 대로 오직 나에게 복숭아를 선물하는 용도로 사용했다는 것. 과육을 씹고 포크에 묻은 과즙을 핥을 때마다 기특한 내 노력을 함께 음미했다. 향긋하고 달콤했다.

엄마도 나도
파이팅

엄마는 이직이 자유로운 직업을 가지셨다. 그래서 엄마 개인의 만족도와 관계없이 한 푼이라도 월급을 더 주는 직장으로 자주 철새처럼 옮겨 다니셨다. 아마 엄마에게 '이직처에서 적응하는 방법'과 같은 주제로 책을 써보시라고 권한다면 두 권은 나올 거다. 그런데 엄마가 이토록 수없이 이직하셨는데도 내가 유독 기억하고 있는 이직처가 있다. 그게 바로 내가 대학교 3학년일 때 이직하신 직장(K회사라 하겠다)이었다.

K회사는 출근 시간이 잔인했다. 아침 7시였던가, 6시 30분이었던가. 엄마는 5시부터 일어나서 나갈 채비를 하셨다. 하필 또 계절이 겨울이었기에 사위가 캄캄했는데 우리 집은 그

때 전철역까지 가려면 긴 시장을 거쳐야만 하는 곳에 있었고 엄마가 출근하시는 시간대에는 시장에서 제일 부지런한 떡집도 채 불을 밝히지 못했으므로 나는 엄마의 출근길이 염려됐다. 여성을 대상으로 하는 중범죄가 새벽에 가장 빈번하다는 기사를 읽은 적이 있었기에 더더욱 엄마 혼자 그 길을 걸어가시도록 하고 싶지 않았다.

그래서 저혈압이 있어서 아침이 유독 힘든 송개미는, 전날 밤에 옷가지와 먹을 것을 챙기고 미리 씻어두는 등 모든 준비를 마쳐 놓고 매일 아침 5시 20분에 일어나기 시작했다. 아빠와 오빠를 깨우지 않기 위해 모닝콜이 울렸다 하면 벌떡 일어나곤 했는데 그럴 때마다 머리가 핑 돌았다. 내색하지 않고 허기만 채운 뒤 양치질을 마치면 엄마가 준비를 끝내고 현관으로 나오셨다. 그럼 전철역까지 이어지는 유독 을씨년스럽고 어두운 그 길을, 추위를 핑계로 엄마와 팔짱을 낀 채 빠져나갈 수 있었다.

함께 전철에 앉으면 엄마는 가끔은 눈을 감고 벽에 머리를 기대셨다. 나는 졸음, 어지러움과 싸우면서도 엄마가 바로 옆에 앉은 나에게는 기대시지 않는 것이 조금은 섭섭했다. 그렇게 몇 정거장 지나치고 나면 엄마와 나의 환승 방향이 갈렸다. 오늘 하루도 파이팅. 부디 하루를 살아낼 딱 그만치의 힘이 서로에게 주어지기를 바라는 마음으로 짧은 주문을 외우고 나면 나는 학교로, 엄마는 일터로 향했다.

환승하고 나면 나는 한강 다리 위를 지나며 캄캄한 하늘과 강물을 봤다. 새벽의 어둠이 깊어서 어디까지가 하늘이고 어디까지가 물인지 분간되지 않을 정도였기에, 발 한 번 잘못 디디면 시퍼런 강물이 날 집어삼킬지도 모른다는 감상 따위에 빠지기도 했다. 반면 엄마가 탄 열차는 땅 밑을 기어 다니며 아무런 풍경도 보여주지 않았는데 그래서인지 엄마의 감상은 단순했다. 그저 모든 것을 다 내려놓고 싶다는 것.

고된 출근길은 겨울이 끝날 무렵 엄마의 또 한 번의 이직으로 끝났다. 그러나 엄마의 고된 삶은 직장을 한 번 옮기는 정도로는 끝나지 않았다. 내가 변호사가 되어 현실적인 부담을 나눌 때까지 고난의 총량은 참으로 긴 시간 늘 엇비슷하게 존재했다. 내가 지금부터 아무리 호강시켜드린다고 해도 지독했던 고생마저 없던 것으로 만들어드릴 수는 없기에 나는 그 점이 못내 안타깝다. 다만, 짧은 기간이나마 엄마가 힘겨운 하루를 시작할 때 그 옆에 내가 있어서 엄마의 거친 새벽에 파이팅이라는 인사를 건넬 수 있었다는 것이 조금은 다행스럽다.

2

아르바이트 중독자
개미 양

저희 집
귀한 딸

2010년 3월 13일. 인생 첫 아르바이트를 시도하는 날이었다. 아침 일찍 일어나 검은 망 안에 긴 머리를 깔끔히 정리해 넣고 살색 스타킹에 검은 구두를 신었다. 다른 곳은 모르겠지만 P호텔에서 서빙을 하려면 커피색도 검은색도 아닌 살색 스타킹에 화려한 장식이 없는 검은 구두를 신고 머리를 동그랗게 말아 올려야 했다. 당시 시급이 4,500원이었던 것 같은데 검은 구두를 사는 데 2만원, 머리 망을 사는 데 3천원을 썼다. 순진하게도 앞으로 아르바이트를 많이 할 거니까 이 정도는 투자해도 된다고 생각했다.

아침 9시까지 호텔에 도착했다. 일을 시작하는 시간은 9

시 반. 그러나 미리 와서 준비하라는 얘기를 들었다. 전철역과 호텔 지하 2층은 연결돼 있다. 안내사항을 전달받기로, 지상층 출입문을 이용하지 말고 지하2층으로 들어가 유니폼을 착용하라고 했다. 퀴퀴한 냄새가 나는 락커룸으로 안내받았다. 유니폼은 주머니가 달린 검은 원피스. 사이즈가 다양하지 않았다. 당시 내 인생 최고로 몸무게가 많이 나갔기 때문에 가장 큰 사이즈의 유니폼이나 겨우 입을 수 있었다. 나보다 덩치가 큰 여학생은 맞는 유니폼이 없어서 돌아가야 했다. 새벽같이 일어나 머리를 묶고 나왔을 터인데 사이즈의 벽이란.

핸드폰을 만지지 말라는 등의 간단한 주의사항을 듣고 홀 청소에 투입됐다. 일을 배분해주던 직원은 초면인 학생들에게 반말로 마구 지껄였다. 이유는 모르겠으나 지하2층 연회장을 치우는 내내 팔뚝에 소름이 돋아 있었다. 푹신푹신한 카펫이 깔린 바닥 위를 쓸고 청소기도 돌렸다. 소주병을 운반하는 상자와 비슷하게 생겼으나 크기는 훨씬 큰 상자가 트레이에 실려 운반돼 왔다. 깨끗한 와인잔들. 막 세척돼 나온 것인지 물기가 가득한 것들을 냅킨으로 문질러 닦았다. 직급이 낮지 않아 보이는 여자(A라고 부르겠다)가 들어와 아르바이트생 두 명을 차출했다. 야, 너랑 너, 따라와. 호명된 사람은 나 그리고 동갑인 남자아이였다.

우리는 A의 뒤를 따라 2층으로 올라갔다. A는 아무 설명도 없이 주방으로 우리를 데려가서는 산더미 같이 쌓인 도시락들을 옮기라고 했다. 도시락을 품에 안고 따라간 곳은 같은 층에 있는 세미나실이었다. 앞쪽에 플랜카드가 걸려 있었는데 대충 읽어보니 외과 의사들의 세미나가 있는 것 같았다. 기다란 테이블마다 도시락을 올려두자 4, 50대로 보이는 아저씨들이 들어오기 시작했다. 나는 문 앞에 서서 아저씨들이 들어올 때마다 허리 숙여 인사하고 외투를 받았다. 이렇게 똑똑하고 명석한 양반들이 겉옷을 구태여 남에게 맡겨야만 하는지 의문은 들었지만 말이다.

세미나룸의 일을 마친 후 점심을 먹을 수 있었다. 직원 식당으로 보이는 곳에서 허겁지겁 식사를 마치자 A는 우리를 6층에 보냈다. 식탁보가 깔린 긴 테이블 세 개 위에 수저와 포크, 나이프가 아슬아슬하게 쌓여 있었다. 세척기에서 꺼낸 지 얼마 안 된 모양이었다. 모락모락 김이 오르는 포크는 따끈따끈했다. 눈치껏 냅킨을 집어 들었더니 한 명이 다가와 어떻게 해야 물기를 제거하는 동시에 쉽게 정리할 수 있는지 가르쳐 줬다.

식기를 닦는 작업은 끝이 없었다. 겨우 삼분의 일 정도 치웠다 싶으면 주방에서 양동이에 가득찬 식기를 테이블에 쏟아

놓고 갔다. 꼼짝없이 서서 일했기 때문에 발이 아팠다. 구두를 벗고 맨발로 서서 포크를 닦았다. 휴게시간 40분을 쓰지 못한 게 아쉬웠다. 다행인지 불행인지 A가 나를 호출했다. 참 신기한 일이라고 생각했다. 이름도 모르는 아르바이트생을 어떻게 알고 호출하는 것인지. 지하 1층으로 내려가자 A는 불같이 화를 냈다. 계속 찾았는데 어디에 있었냐며 심부름을 시켰다. 나를 6층으로 보낸 사람은 A인데 어째서 화를 내는 것일까. 이내 나는 깨달았다. A는 내가 누군지 알고 부른 것이 아니다. 내가 누군지 알고 찾은 것이 아니며 누군지 알아서 화를 낸 것이 아니다. 그냥 A는 손쉽게 부를 아르바이트생이 필요했고 일을 시키는 김에 화풀이를 한 것이었다.

저녁시간쯤 되자 눈물이 줄줄 흐를 것 같았다. 나는 밥을 남기지 않고 입에 밀어 넣었다. 식사시간으로 주어진 60분 가운데 35분을 식당에서 보내고 돌아갔다. 이해할 수 없는 건 A의 태도였다. A는 나를 급히 지하 2층으로 호출한 뒤 어디서 꾸물거리고 있었냐고 소리를 질렀다. 대형 홀에서 결혼식이 있는데 내가 오지 않아서 다른 사람들이 고생하고 있었다고 했다. 나는 결혼식이 몇 시에 시작했느냐고 물었다. 6시라고 했다. 6시는 저녁식사가 시작되는 시간이었다.

음식을 나르는 일은 내가 종일 호텔에서 한 일 가운데 가장 고된 것이었다. 먼저 왼팔을 직각으로 구부리고 그 위에 쟁반을 얹는다. 쟁반은 내 팔꿈치에서 셋째 손가락 첫마디 바로 밑까지 올 만큼 컸다. 따라서 팔로 쟁반의 균형을 잡고 손가락 세 개로 쟁반 끝을 붙들어야 했다. 그렇게 쟁반을 얹고 나면 접시를 6개에서 8개 정도 올린다. 스테이크가 담긴 접시는 무거운 도자기 접시다. 후들거리는 팔로 쟁반을 안고 홀로 들어가 둥근 테이블 겉을 돌며 사람들 앞에 접시를 내려놓는다. 스테이크를 비롯한 코스요리를 그렇게 나르고 나면 과일과 케이크까지 대령해야 한다. 도중에 손님에게 쟁반을 쏟을 뻔했으나 오른손이 마치 의지를 가진 생물처럼 번개같이 날아가 쟁반을 붙잡았다. 그 광경을 A가 보지 못한 것에도 안도했다.

결혼식이 끝나고 A를 따라 12층으로 올라갔다. 이번엔 어느 테이블을 담당해야 하는지도 알려주지 않았다. 대뜸 물주전자를 안겨주며 홀로 나가라고 했다. 안에는 아르바이트생이 아닌 직원들이 우아한 자세로 고객의 물잔을 채워주고 있었다. 그 어디에도 내 도움이 필요한 곳이 없어 보였다. 머뭇거리자 A가 등을 떠밀었다. 에라, 아무데나 가자, 하고 가까운 테이블로 다가섰다. 주전자 겉에 맺힌 물방울이 식탁으로 떨어지자 할아버지 한 분이 흘끗 쳐다보았다. 당황해서 앞치마로 주전자를 감싸고 물을 채웠다. A가 성큼성큼 걸어와 주전자를 빼앗았다. 이런 것도 제대로 못 하냐. 한 마디 쏘는 것도 잊지 않았다. A는 냅킨을 깔끔하게 말아 주전자 밑을 받치고 있었다.

연회가 끝나자 대충 자리를 치운 뒤 식탁보를 걷어내고 앉아 남은 음식을 먹었다. 직원들은 직원들끼리, 아르바이트생들은 그들끼리 앉았다. 주방의 숙수님은 우리에겐 남은 케이크를 가져다 주셨고 직원들 테이블엔 고기와 코스요리 음식들을 놓아 주셨다. 케이크를 포크로 쿡쿡 찍어 먹고 있으니 직원 한 명이 접시를 들고 우리 테이블로 다가왔다. 큰 접시엔 우리가 먹고 싶어 눈치만 보던 고기가 담겨 있었다. A는 불평을 했다. "선배, 그깟 애들을 뭘 챙겨줘요. 얼른 와서 드세요."

밤 10시 30분. 퀴퀴한 락커룸으로 돌아갔다. 나는 미리 준비한 운동화로 갈아 신었지만 미처 챙겨올 생각을 못 한 아이들은 발이 아파 울상이면서도 구두를 그대로 신고 있었다. 아이들은 모두 A에 이를 갈고 있었다. 돈을 받지 못해도 좋으니 A에게 앙갚음을 해주고 싶다는 아이도 있었다. 솔직한 마음으로는 나도 A에게 돌이라도 던지고 싶었다. 무지 큰 걸로. 하지만 우리가 정리를 마치고 계좌와 연락처를 적는 내내 A는 나타나지 않았다. 2호선 내선순환 열차를 타려는데 전화가 왔다. 부모님께서 인생 첫 아르바이트를 한 나를 마중 나오셨다고 했다. 비좁은 차 안에서 빙긋 웃는 엄마 얼굴을 보자마자 죽음

처럼 잠이 쏟아졌다. 나도 우리 집 귀한 딸인데. 이후로 몇 년
간 근처를 지날 때면 내가 일했던 호텔을 보며 이를 득득 갈았
다.

귓구멍아 미안해

ㅜ - ㅜ

　　정확히 날짜까지 기억한다. 2011년 8월 27일. 나는 처음으로 콜센터 단기 아르바이트를 하게 됐다. 보험사라거나 기업의 고객센터처럼 상담 능력이 요구되는 그런 일은 아니었고 리서치 회사에서 전화로 특정 주제에 대한 응답을 조사하는 일이었다. 아침 일찍 전철역에서 내렸다. 이마에 땀이 흐르는 것을 참고 500미터쯤 걷자 찾는 건물이 나왔다. 내가 아르바이트할 곳, 리서치 회사였다.

　　단기 아르바이트를 하게 된 배경은 이렇다. 2010년 11월 적금통장을 만들었다. 신한은행에서 월복리가 꽤 높은 상품을 출시했다기에 망설임 없이 계좌를 개설했다. 매달 10만원씩 모아서, 그 돈으로 턱관절질환을 고칠 계획이었다. 제법 계획을 잘 지켰으나 쉽지는 않았다. 특히 학기가 시작하는 3월과 9월은 통상 평소보다 5만원정도 돈을 더 써야 했기 때문에 부족한 금액을 미리 마련해야 했다. 그래서 생각한 것이 단기알바. 하루 일해서 5만원 벌고 그것을 채워 적금을 넣으리라, 그렇게 생각했다. 나름대로 꾀를 냈다고 생각했는데 문제는 아르바이트 종류였다. 종일 전화를 돌리는 콜센터 업무가 그토록 괴로운 일인 줄 상상도 못 했다.

출근시간은 아홉 시 반. 사무실은 방이 두 개로 나뉘어 있었다. 추측해보건대 안쪽 방엔 직원들 개인석이 있는 것 같았다. 아르바이트생들은 바깥방 아무 자리에나 앉았다. 컴퓨터를 켜고 프로그램을 실행하니 설문 내용이 화면에 떴다. 서울 시장 보궐 선거에서 누구를 지지하느냐는 내용이었다. 문항은 열두 개가 넘었다. 객관식도 있고 단답식도 있었다. 객관식 문제를 어떻게 설명할 수 있을지 고민에 빠지는데 직원이 와서 주의사항을 알려줬다. "통화 내역은 모두 녹음됩니다. 마음대로 답을 추측해서 표시하지 마세요. 전화는 무작위로 돌리는 것입니다. 그리고 객관식은 보기를 모두 읽어서 들려줘야 합니다." 입이 떡 벌어졌다.

솔직하게. 철없는 마음에 콜센터 아르바이트에 대해 나

름의 환상을 품고 있었다. 마이크가 달린 가벼운 헤드셋을 착용하고 아나운서가 된 것처럼 정제된 목소리로 전화를 하는 것. 어쩐지 드라마에 나올 법한 장면인 것 같아서 두근거린 것이 사실이다. 게다가 화면을 들여다보며 읽기만 하면 된다니 완전 꿀이라고 생각했다. 해보고 좋으면 매주 해야지, 그런 다짐을 하며 첫 번째 콜을 돌리기 시작했다.

어라, 그런데 일이 예상했던 것과는 달랐다. 안녕하세요. ○○리서치입니다, 하고 미처 다 말하기도 전에 사람들은 전화를 매몰차게 끊었다. 수화기를 거칠게 내려놓는 소리가 생생하게 전해졌다. 이건 전화를 받아야만 가능한 일이었다. 무작위로 돌리는 전화다 보니 없는 번호인 경우도 허다했고 그럴 때마다 어쩐지 초조한 기분이 들어 손톱을 깨물었다. 콜을 돌리는 횟수는 실적과 아무 상관이 없었다. 게다가 나는 직원도 아니고 일개 아르바이트생인데. 그냥 정해진 시간 동안 성실하게 전화하고 읽어주면 되는 건데 그게 잘 안 됐다. 뒤꽁무니에 누군가 따라붙는 것 같은 느낌이 들었다. 나는 도망치듯 정신없이 번호를 눌렀고 시계는 느리게도 돌아갔다. 제발 1번 문항을 한 번이라도 읽어보고 싶었다.

열두 시가 되자 예의 주의사항을 알려줬던 직원이 와서 점심을 먹고 오라고 했다. 갑자기 미친 듯이 허기가 느껴졌다.

맛있는 것을 먹고 싶었다. 오다가 길모퉁이에서 KFC를 본 것이 떠올랐다. 하지만 아르바이트비에 식대는 포함되지 않는다. 괜히 맛있는 것 찾다가 애꿎은 돈 식비로 다 날릴 것 같았다. KFC를 그대로 지나쳐 (지금은 CU가 된) 패밀리마트 편의점으로 들어갔다. 같은 사무실에서 콜을 돌리던 사람들 몇은 KFC로 들어갔지만 대부분 편의점으로 왔다. 우르르 들어온 우리는 편의점 음식이나마 더 맛있는 것을 먹으려고 서로 눈치를 봤다. 나는 700원짜리 삼각김밥과 레쓰비를 집었다. 둘을 합쳐도 1,500원이 안 됐다. 음, 현명한 선택이야. 그렇게 자축하며 삼각김밥을 뜯었다. 김밥을 데우려고 전자레인지 앞에 아르바이트생들이 길게 줄 서 있었다. 그 줄에 가세할 엄두가 나지 않았다. 차가운 삼각김밥을 순식간에 먹어치우고 사무실로 올라갔다. 아직 돌아온 사람이 없었다. 나는 자리에 앉아서 점심시간이 끝날 때까지 졸았다.

그렇게 오후가 되자 처음으로 콜을 받는 사람이 생겼다. 어떤 아주머니였다. 잠결에 받은 것 같았다. 가라앉은 목소리로 겨우 대답하면서도 끊지 않는 것이 감사해서 송구스러웠다. 아주머니는 나경원 후보를 지지한다고 했다. 무심코 화면 아래를 봤는데 전화를 받은 지역이 강남구라고 했다.

두 번째로 콜을 받아준 사람은 젊은 남자였다. 그는 시종

일관 흥분한 목소리로 답을 했다. 세상에 불만이 많은 사람이었다. 윗분들이 하는 일이라곤 자신처럼 창업한 젊은이를 쥐어짜는 것뿐이라고 토로했다. 나는 물었다. 어느 후보를 지지하십니까? 그는 대답했다. 여태까지 제가 말한 거 듣고도 모르겠어요? 다시 입을 열었다. 제가 임의로 추측해서 답을 표시하는 건 금지돼 있습니다. 그제야 그는 말했다. 박원순 후보요.

연달아 두 사람이 답을 해주자 자신감이 생겼다. 들어보진 못했지만 내 목소리도 제법 깔끔했던 것 같았다. 힘차게 다음 번호를 눌렀다. 없는 번호였다. 다른 번호를 눌렀다. 없는 번호. 그 다음. 없는 번호. 잠시 차올랐던 자신감이 푸시시 무너져 내렸다. 나도 모르게 발을 동동 구르고 있었다. 옆에 앉은 여자가 헤드셋을 벗고 주의를 줬다. 저기요, 발 자꾸 떠시는 거 시끄러워요. 나는 물었다. 몇 명이나 전화 받았어요? 여자가 대답했다. 세 명이요. 나보다 한 명 많았다.

오후 다섯 시. 하루 종일 내가 콜을 돌려서 답을 들은 사람은 일곱 명이었다. 도중에 문항이 너무 많다며 끊은 사람까지 포함한 게 그 정도였다. 그냥 내가 운이 나빴던 것일 수도 있다. 하지만 나는 머릿속으로 자책하고 있었다. 내 목소리가 너무 어린애 같아서 그랬나보다. 아니면 발음이 안 좋았나보다. 그도 아니면 이유가 뭘까. 사무실 사람들은 녹음된 것들을 다 들어볼까? 수없이 의문점들이 떠올랐다. 전철을 타고 보통 사람들 속에 섞일 때까지 나는 끊임없이 자책하고 있었다.

만일 내가 단순 조사를 하는 게 아니라 전화로 물건을 팔 아야 했다면 어땠을까. 건강식품을 팔고 보험에 가입하도록 유 도를 하고 또 그 실적의 등수에 따라 보수를 지급받았어야 했 다면? 스트레스를 이기지 못하고 금방 도망쳤을 것이다. 그러 나 그렇게 사는 사람들이 있다. 많다. 실적을 올리기 위해 잘하 는 동료의 콜을 녹음해 듣고 입에 볼펜을 물고 연습하는 사람 들이. 종일 한 쪽 귀에 헤드셋을 꽂고 통화했는지라 오른쪽 귀 가 욱신거렸다. 귀를 문지르며 집으로 향했다.

지금 생각해보면 그렇게까지 조바심 낼 필요가 있었을까 싶었지만 당시의 나는 꽤 절박한 심정이었다. 나는 대학을 졸 업하고 제법 안정적인 직장을 잡기 전까지는 아르바이트를 쉼 없이 해야 하는데, 내가 전화로 누군가를 상대하는 종류의 아 르바이트를 잘 못하는 거면 어떡하지, 하는 마음이었다. 어디 에서 어떤 일을 하든 열심히 잘해야 또 일하러 오라고 연락이 올 텐데. 그런 걱정이 가득했다. 실적 걱정 없는 아르바이트를 최저시급 받으며 하는 중에도 그렇게나 겁내고 조바심 냈던 당시의 나를 생각하면 지금도 마음이 저릿하다.

이렇게 호강해도 되나요?

내가 ○○리서치에서 다시 한 번 아르바이트를 하게 된 것은 그로부터 6년 뒤의 일이다. 그 사이 많은 변화가 있었는데 그 중 하나는 이 회사에 아는 언니가 정직원으로 입사하고 대리 직급을 달았다는 것이었다. 업무 내용을 구체적으로 이야기할 수는 없지만 당시 언니가 속한 팀은 꽤 큰 규모의 일을 수주하여 고양이 손이라도 빌려야 할 만큼 바빴고 인턴과 아르바이트생들을 여럿 뽑아 업무를 수행해 나가고 있었다.

그러던 어느 날 언니로부터 아르바이트 권유가 들어왔다. 아무래도 손이 더 필요한데 믿을만한 사람이 해주면 좋겠다고, 딱 두 달만 해달라고 했다. 권유가 들어왔을 당시 나는 이십 대 중후반의 나이였고 직장을 그만두고 아르바이트를 하며 로스쿨 입시를 준비하고 있었다. 마침 어학 시험이라든가 리트 시험이 모두 끝난 상태였으므로 제안을 흔쾌히 받아들였고 언니가 혹시 아르바이트생 누구 더 데려올 수 있냐고 말하기에 엑셀에 능숙한 오빠까지 데려가 일했다.

불행히도 나는 그 전까지 시급을 넉넉하게 주거나 냉난방 잘 되는 사무실에 앉아 편히 일하는 소위 말하는 '꿀알바'를 해본 적이 없었다. 이상하게도 과외를 하든 학원에서 수업을 하든 공부에 관심 없고 숙제도 안 해오고 휴대전화를 끈 채 탈주하는 학생들만 만났으며 그 외에는 서빙과 같이 정직하게 몸을 쓰는 일을 했었다. 그랬던 내게 사무실에서의 아르바이트는 그야말로 환상적인 경험이었다. 이전까지 한 번도 받아본 적 없던 주휴수당까지 전부 받았으니!

대단히 만족스러웠던 이 아르바이트는 마무리까지도 완벽했다. 나는 남다른 장기도 특별한 경험도 없어서 로스쿨 입학 원서 '사회경험' 란에 아르바이트 경력을 꽉꽉 채워 넣었는데 다른 지원자들에 비해 나의 경력이 초라할 것 같아서 증빙서류라도 잘 갖춰 제출하고 싶었다. 그래서 아르바이트가 끝나고 며칠이 지난 시점에 회사 과장님에게 조심스럽게 경력 증명 서류를 요청했고 내심 과장님이 귀찮게 여기리라 생각했는데 의외로 흔쾌히 서류를 작성해주셨던 것. 심지어 나는 서류를 받으러 갔다가 점심까지 배불리 얻어먹었다.

　지금에 와서 생각하면 단기 아르바이트 사실을 그렇게까지 정성스럽게 증명할 필요는 없었지 싶다. 아마 과장님도 팀장으로서 직원 채용 절차에 관여해본 분인 만큼 단기 아르바이트 경력이 그다지 결정적인 요소는 아니라는 생각을 했을 것 같다. 그렇지만 그 생각을 감춰두고 도와주셨겠지. 내가 고생스럽게 아르바이트하던 시절을 떠올리며 글을 써도 웃을 수 있는 것은 아르바이트를 시작하는 순간부터 마무리 짓는 순간까지 그저 흡족하기만 했던 이 기억 덕분이다.

3시간짜리
도넛 사랑

　　아르바이트 자리를 구하기 위해 그 도넛가게를 방문한 때는 2012년 겨울이었다. 당시 나의 '벌이 계획'은 다음과 같았다. 평일엔 과외를 한다. 주말엔 아침부터 오후 3시 이전까지 아르바이트를 한다. 어차피 주말엔 늦잠을 자느라 일과를 늦게 시작하므로 그 시간에 알바를 한다면 시간도 크게 아깝지 않을 것이고 돈도 벌 수 있으며 일찍 일어나는 연습도 할 수 있어서 여러모로 좋을 것이다! 기왕이면 카페 아르바이트면 좋겠다고 생각했다. 음료도 만들어야 하고 계산도 해야 하고 손님과 직접 대면도 해야 하고. 고생이야 하겠지만 몸으로 다양한 노하우들을 익힐 수 있으리라 생각했기 때문이다. 레시피를 외우는 것도 힘들지 않을 것이라 기대했다.

알바천국에 들어가서 아르바이트 구인 정보를 뒤지기 시작했다. 딴소리지만 이 사이트가 사업주들에게 천국인지 아르바이트생들에게 천국인지 모르겠다. 옛날에도 그랬고 지금도 그렇다. 무튼 열심히 찾다가 집에서 멀지 않은 D동의 M도넛집에서 주말 아르바이트생을 급구하는 것을 발견했다. 등록된 점장 번호로 전화했더니 바로 면접을 보자고 해서 급히 머리도 묶고 전철 타고 달려갔다. 이전에 비슷한 일을 해봤냐, 보건증은 있냐, 아침에 성실히 나올 수 있냐 등등을 물어왔다. 카페 알바는 해본 적 없지만 커피머신은 다룰 줄 안다, 보건증은 없다, 성실히 나오겠다. 그렇게 답했다. 한 번 일해보라며 나를 떠밀었다. 카운터 뒤에 있으면 어차피 상반신만 보이므로 상의만 유니폼으로 갈아입었다.

일단은 도넛 이름부터 외우기 시작했다. 사거리에 꽤 크게 자리한 지점이라 그런지 도넛 종류가 굉장히 많았다. 손님이 도넛을 직접 꺼내는 방식이 아니고 카운터에서 종업원이 꺼내줘야 하는 방식으로 운영되던 곳이었는데 안쪽에선 진열대의 도넛 이름이 보이지 않기 때문에 도넛 이름은 필수로 외워야 했다. 다행히 금방 외워져서 다음엔 포스 다루는 것을 배웠다. 포스 기계에 도넛들이 몇 가지 카테고리로 정리돼 있었는데 어떤 도넛이 어떤 카테고리에 속하는지도 기억해야 했다. 나름대로 수월하게 외운 것 같아 뿌듯했다. 6시까지 일을 해보고 집으로 돌아갔다. 점장이 연락을 주겠다고 했다.

월요일, 점장으로부터 문자가 왔다. 보건증이 있는 학생을 새로 구했다고 안 나와도 된다고 했다. 일요일 3시간 일한 돈을 받지 못한 것은 물론이다. 괜히 열심히 외웠다고 생각했다. 이후로 한동안 도넛은 경쟁사인 D도넛에서만 사먹었다.

난 쌤이고
넌 학생이야

나는 그간 과외와 학원 수업에서 만난 아이들에 대한 간략한 기록을 꾸준히 남겼는데 대체로 내용은 이렇다.

O. 초등학교 6학년 수학. 보통 하루에 두 쪽 진도. 문제를 풀지 않으려고 대드는 경우가 많음. 학교에서 사귄 여자친구들 얘기를 자랑스레 늘어놓기도 함. 중학교 입학하며 그만둠. 자기 이름을 넣은 곱셈식을 주문처럼 외움.

D. 중학교 2학년 수학. 순하고 학교 성적이 좋지는 않지

만 노력하는 모습이 보임. 숙제를 하지 않은 적이 하루도 없음. 종이가 너덜너덜하게 변할 정도로 문제를 풀곤 함. 중학교 2학년 2학기 중간고사 50점, 기말고사 85점. 부모님께서 크게 기뻐하심. 그러나 과외비를 올리자고는 안 하심.

P. 중학교 1학년 영어. 국제중학교 학생. 3개월 동안 문법을 빠르게 훑기로 커리큘럼을 정함.

Y. 중학교 1학년 영어. 공부 욕심이 많음. 시험 기간이 되자 문제집을 사와서 함께 풀어달라고 요구함. 같이 수업 받는 M이 시끄럽다며 화내고 다투다가 한 달 만에 그만두고 나감.

M. 중학교 1학년 영어. 집안의 막내. 둘째 형과 7살 차이. 어리광이 심하고 행동이 몹시 어린애 같음. 학원에 비치된 코코아는 저렴한 코코아라 맛이 없다고 거부함. 집에서 마쉬멜로우가 들어 있는 코코아 파우더를 챙겨 와서 자랑함. 몹시 유세 부리며 한 잔 권하기에 마셨으나 특별하지 않은 맛이었음. 코코아를 마신 컵을

들고 난동을 부리다가 벽지에 새카맣게 코코아 자국을 남김. 시험 끝나고 롯데리아에 데려갔더니 가장 비싼 한우레이디버거 세트를 시킴. 먹는 내내 불평이 심함. 잠실 지점이 제일 맛없고 자신이 살던 마포에 있는 곳이 가장 맛있다고 으스댐.

J. 중학교 1학년 영어. Y가 나간 뒤 M과 같은 반에 들어옴. M과 동갑이나 행동은 훨씬 어른스러움. 한우레이디 버거를 시키는 M에게 핀잔. 공부하기는 매우 싫어함. 하루에 문법책 2장 나가기가 어려웠음.

K. 고등학교 1학년 수학. 멋 부리는 일에 관심이 많음. 제 딴엔 예쁘게 하려고 한 것 같으나 사정없이 깎인 눈썹이 우스워 귀여웠음. 부모님이 과외비를 잘 안 냄. 시험 끝나면 대학 탐방을 시켜달라고 요구. 학교를 투어하고 맛있는 것을 먹임. 그 다음 날 바로 그만둠. 성적은 중하위권. 숙제는 안 해오면서 내 과잠을 입고 인증샷 찍기는 좋아함.

N. 중학교 1학년 영어. 설명은 전혀 듣지 않음. "근데요,"

하고 말문을 열며 본인이 학교에서 얼마나 잘나가는
지 떠들고 싶어함. 한 살인가 많은 친언니도 학원에 함
께 다녔는데 늘 뚱한 얼굴. 그런 언니와 자신의 교복
치마가 얼마나 짧은지 떠들어 댐. 자신과 언니가 같이
있으면 학교에서 언니 친구들이 "오올-" 하고 감탄했
다고 자랑. 그만둘 즈음엔 제발 닥치라고 애원하고 싶
었음.

S. 중학교 2학년 수학. 내가 보수를 받아도 되는 건가 의
문이 들 정도로 성적에 변화가 없고 노력도 안 함. 숙제
를 해온 적이 한 번도 없음. 딱 한 번 해왔나 했더니 친
구가 대신 풀어줌. 학원에 공을 몰고 들어와선 강의실
까지 가는 길에 그대로 드리블을 연습하곤 함. 혼내고
주의를 줘도 다음 시간이면 다시 반복. 아이 어머니는
학원비를 꼬박꼬박 내는 편. 가끔 상담 올 때마다 꿀이
나 초콜릿을 들고 옴. 불성실한 태도 때문에 결국 아이
가 학원에서 잘렸는데 그 이후에 어머니가 다시 학원
에 등록하게 해 달라며 찾아왔음. 다른 학원에 보내려
했으나 성적이 너무 낮아서 쫓겨났다고 함.

H. 중학교 2학년 영어. 한 달 수업이 8회인데 얼굴은 한 번밖에 못 봄. 수업 시간이 되면 휴대전화를 끄고 잠 수. 켜져 있어도 전화를 안 받음. 학원에 안 나타나기 에 그만두려나 보다 했는데 3개월 뒤 아이 이모가 전 화와선 그 동안 자기가 학원비를 안 내지 않았느냐고 함.

E. 중학교 2학년 영어. 외동아들. 응석이 심함. 관심을 받 고 싶은 모양. 매번 머리가 아프다거나 어딘가 다쳤다 고 말하며 약을 줄 것을 요구. 가끔은 파스도 달라고 요구. 세 시간 수업 중 설명을 듣는 시간은 5분도 안 될 것 같음. 조는 일도 허다하고 여자애들에게 계속 장난 을 시도함. 아이 엄마는 아이가 살을 빼도록 도와달라 며 어릴 때 사진을 카톡으로 보내기도 함. 이유 없이 전화와선 아이를 신경써달라고 할 때도 있고 아이가 목사가 될 터이니 공부는 신경 쓰지 않아도 된다고 할 때도 있음. 치킨을 두 마리 시키면 다리 네 개는 혼자 다 먹음.

U. 중학교 1학년 영어. 공부에 관심이 없으나 학교에서

잘 나가는 사람이고 싶은 욕구가 보임. 수업시간에 내내 핸드폰을 만짐. 단어 외우는 시간엔 이어폰을 낌. 산만함.

L. 중학교 1학년 영어. U의 친구. U를 몹시 좋아하고 따름. U와 다투어도 학원에선 꼭 U옆에 앉음. 공부머리가 좋은 것 같은데 꾸미는 일에 관심이 많고 공부할 의지가 없음. 학원비는 꼬박꼬박 내는 편.

이게 내 운인지 모르겠는데. 내 친구들은 공부 잘하고 숙제 성실히 하고 수업 약속을 잘 지키는 학생들을 많이 가르쳤다. 그런데 나는 이렇게나 많은 학생들을 만났음에도 내 말을 따라주는 학생은 가뭄에 콩 나듯했으니.

수업하다가 가슴이 갑갑해지면 많은 생각이 들었는데 첫째는 이거였다. 나는 십 대 때 돈이 없어서 학원에 다니거나 과외를 받지 못했는데 이 친구들은 부모님이 꼬박꼬박 돈을 내주시는데도 왜 이렇게 성의 없이 공부하는 걸까. 안타까운 마음이 들면 학생들에게도 이야기했다. "부모님께서 내 주시는 과외비가 아깝지 않다는 생각이 들 정도로 나에게 질문도 많이 하고 이 시간을 적극적으로 활용해 봐." 애들 반응은 어떠했냐면 한마디로 쇠귀에 경 읽기였다.

둘째는 이거였다. 왜 우리나라는 운동 잘하는 학생, 손재주 좋은 학생 모두 죄다 공부를 해야 하는 걸까. S는 참 말을 안 들어서 예쁘게 보기 힘든 학생이었지만 한편으로는 안쓰러웠다. 자는 시간 외엔 늘 축구공을 몰고 다닐 정도로 축구를 좋아했는데 부모님께서 운동 쪽으로 진로를 잡는 것은 절대로 허락을 안 해주셨다고 했다.

이해는 한다. 예체능은 가진 재능으로 빛을 보는 사람이 워낙 소수라고 하니까. 사회가 그런 구조인데 부모 된 입장에서 자식을 어려운 길로 가라고 선뜻 등 떠밀기가 과연 쉬울까. 하지만 내 좁은 식견으로는 공부도 적성이 없는 아이들에게는 죽도록 지겹고 힘든 일인 것 같아서, 공부가 싫다는 아이들에게 앉아서 문제 풀고 단어 외우라고 시켜야 하는 내가 괜히 미안하곤 했다. 나는 돈이라도 받았지만 이 친구들은 두 시간 동안 꼼짝 않고 앉아서 괴로운 시간을 견뎌야 했으니깐 말이다.

당신의 축제,
나에겐 난제

나는 2015년 1월부터 한 달 동안 모 연회홀에서 아르바이트를 했다. 연회 전문 홀이라고 하지만 보통은 돌잔치를 하고 가끔은 환갑, 고희연을 하는 곳이었다. 알바천국에서 공고를 봤는데 이벤트 담당을 모집한다고 해서 지원했다. 나중에 알게 됐지만 이벤트 담당이란 건 절대로 '이벤트만' 담당한다는 의미가 아니다. 다른 거 다 하고 거기에다 '이벤트까지' 한다는 의미다.

내가 일하는 동안 고희연 한 번 빼곤 모두 돌잔치가 열렸다. 보통 하루에 두 번의 잔치가 열린다. 점심과 저녁. 그러므로 아침에 출근하면 '준비-시행-정리'를 두 번 하는 식이었다.

연회홀은 앞뒤로 긴 곳이었고 전방과 후방에 음식 선반이 있었다. 대리석으로 된 선반을 세제 묻은 수건으로 문질러 닦고 음식을 데우는 냄비도 닦는다. 이후 물수건으로 닦고 마른 수건으로 또 닦는다. 케이크와 후식 냉장고도 마찬가지.

돌상도 차려야 한다. 액세서리와 초, 화분 등도 매번 세팅해야 하고 과일과 떡으로 돌상을 올려야 한다. 포토 테이블도 따로 준비해야 한다. 엄청나게 많은 액자에 아이 사진을 끼우고 장식품들을 지정된 자리에 장식한다. 돌상과 포토 테이블은 컨셉에 따라 여러 가지 베리에이션이 있다. 전통과 현대로 컨셉이 나뉘고 현대는 또 여러 가지 색상으로 나뉜다. 일정표를 미리 확인하고 맞춰서 준비해야 시간 내에 완료할 수 있다. 의자에 묶는 리본도 컨셉에 따라 색이 바뀌므로 평소에 잘 정리해둬야 한다.

가장 중요한 돌상과 포토 테이블을 손님들이 오기 전에 꾸미고 나면 식탁마다 식탁보를 씌우고 종이를 깔아야 한다. 와인잔과 식기도 정해진 위치마다 올려둔다. 와인잔에 물을 채울 땐 작은 주전자를 이용하는데 워낙 작은 크기여서 보통 너덧 번은 오가야 한다. 무척 비효율적이다. 그래서 양 손에 주전자를 들고 가다가 크게 넘어진 적도 있다. 걸레질하는 남자애가 물을 덜 짜서 바닥이 몹시 미끄러웠다. 이후론 운동화 대신 등산화를 신고 갔다.

　나는 추가로 커피머신까지 다뤄야 했다. 호스와 부속품들을 하나하나 씻어낸 뒤 순서에 맞게 기계에 연결하고 세척을 마치고 원두도 채운다. 다음엔 스테이크 접시를 미리 세팅한다. 그릇 한 쪽에 피망, 버섯, 감자샐러드, 단호박, 새싹 등을 소담하게 담아서 한쪽에 겹치지 않게 쌓아둔다. 손님이 오면 그릇을 트레이에 척척 꺼내서 스테이크만 올린 뒤 바로 내어가야 하기 때문이다. 디저트용 케이크와 쿠키, 과일도 정해진 그릇에 담아둔다.

　이쯤 되면 보통 친지 등 일찍 오는 사람들이 슬슬 들어온다. 1인당 식사비용을 정산해야 하기 때문에 문간에서 식권을 나눠주는 사람이 손님들에게 스티커도 붙여야 한다. 나는 포토 테이블 옆에서 이벤트 참여를 유도했다. 아이가 돌잡이로 무엇을 잡을지 맞추는 이벤트다. 그리고 아이 얼굴이 인쇄된 카드에 덕담도 쓰도록 해야 했다. 그 외에 부모가 요구하는 것들도 한다. 지장을 찍는 방명록을 준비한 부부도 있었는데 한꺼번에 여덟 명씩 들어오는데 이벤트 설명하고 덕담 카드 작성도 요구하고 방명록에 지장 찍는 것까지 설명하려니 너무 정신이 없었다. 게다가 그런 얘기를 귀담아 듣는 사람들이 많지 않고 듣다가도 부부가 다가오면 인사를 나누곤 했기 때문에 이미

한 설명을 또 하고 다시 하는 일이 많았다.

식이 시작되면 아기 영상을 보여주는데 이때 미리 대기하고 있다가 돌아다니며 조명을 다 꺼야 한다. 영상이 끝나면 다시 돌아다니며 켜야 하고 말이다. 케이크도 미리 꺼냈다가 초에 불붙이고 나면 받아서 포장해야 한다. 이벤트 관련 업무를 마치고 나면 식권을 식탁에 올려놓은 사람들에게 스테이크를 가져다 줘야 한다. 식탁을 돌아다니며 다 먹은 접시도 수거한다.

잔치가 끝나갈 즈음엔 부부를 위한 밥상을 따로 차린다. 손님들이 떠나고 나면 식탁을 모조리 치운다. 식기는 물론이고 식탁보까지 전부 걷어서 창고에 둔다. 음식을 치우고 난 선반도 다시 닦는다. 식기세척기에서 나온 포크, 나이프, 수저, 젓가락, 집게, 와인잔을 닦아 물기를 제거한다. 포크, 수저는 닦고 나서 바로 가지런히 쌓아둬야 식탁에 세팅하기가 쉬워진다. 나는 5년 전 호텔에서 일하며 배운 기술을 적극 활용해 빠른 속도로 식기를 정리하곤 했다. 여기까지 하고 나면 남은 음식으로 밥을 먹을 수 있다. 밥도 보통 10분도 안 되게 후루룩 먹는다. 손님들이 늦게 나가면 실장실에 옹송그리고 앉아 체하지 않길 바라며 허겁지겁 밥을 마시곤 했다.

이렇게 오전 연회가 끝나고 나면 다시 오후 연회를 준비해야 한다. 돌상을 차리고 포토 테이블을 장식하고 식탁마다 기본 세팅을 하고 케이크를 준비하는 식이다. 오후 연회까지 끝나면 보통 여덟 시가 넘곤 했다. 그래서 저녁은 아홉 시에 먹을 때가 많았다. 저녁을 먹고 나면 청소와 정리를 다시 반복하는데 이때쯤이면 일하는 아르바이트생들이 모두 지치기 때문에 사장님이 신나는 음악을 틀어놓고 일하라고 했다. 속 보이는 요구라고 생각했지만 나도 즐거운 음악을 들으며 하는 게 더 좋으므로 군말 없이 바로 재생 목록을 따로 만들었다. 일을 그만둘 때까지 그렇게 DJ 역할은 내가 했다.

이렇게 하루 풀타임으로 일하는데 시급은 5,600원이었다. 당시 최저 시급이 5,580원이었으니 거의 최저 시급으로 일한 셈이다. 시급이 얼마인지 들었을 때 나는 사장님에게 '5,580원이 아니네요?'하고 반문했다. 조롱에 가까운 말이었다. 죽어라 부려먹는데 최저 시급과 다를 바가 없구나. 그런데 사장은 이렇게 대답했다. "치사하게 5,580원 찔끔찔끔 주기 싫어서 말이야." 사장 내외는 연회장을 두 군데나 운영했다. 집도 강남이고. 듣자니 다른 지역에 있는 연회장은 홀이 3개나 되는데 직원을 딱 세 명만 뒀다고 한다. 위에 내가 언급한 모든 일을 직원 한 명이서, 홀 하나를 책임지고 해야 하는 것이다. 혼자 청소하고 모든 세팅 마치고 100명 가까이 되는 손님들 요구에 일

일이 부응하며 정리까지 한다니. 지독하다고 생각했다.

이토록 자잘한 업무가 많은데 정리된 매뉴얼이 단 하나도 없는 것도 몹시 불편했다. 일례로 나는 그만두기 일주일 전에야 손님들이 마신 술병의 개수를 맥주와 소주로 분류해서 헤아린다는 것을 배웠다. 전체 업무가 뭐가 있는지 가르쳐 주는 것도 아니고 익숙한 사람들끼리 약어를 많이 사용한다. 그래서 사장이 내리는 지시를 못 알아들을 때가 있었다. 게다가 아르바이트생들에게 편하게 지시하기 위해 무전기를 하나씩 나눠줬었는데 저가의 물건들이라 그런지 음질이 굉장히 안 좋았다.

한 번은 이런 일이 있었다. 업체에서 받은 돌 영상이 편집에서 실수가 있었는지 도중에 자꾸 끊기곤 했다. 그래서 사장이 급하게 원본을 다시 받아와선 모든 이벤트가 끝난 뒤 재생했는데, 그 계획을 나에게 전혀 언급하지 않았다. 나는 접시를 나르다가 갑자기 무전기에서 "개미야, 불 꺼." 하는 소리가 흘러나와서 당황했다. 그때 앞에선 부부 중 신랑이 손님들에게 감사의 인사를 전하고 있었다. 네가 지금요? 하고 묻자 대답은 안 하고 자꾸 손을 저으며 불만 끄란다. 그래서 불을 껐더니 신경질을 내며 도로 켰다. 나중에 영상을 재생하는 모습을 보고서야 불을 끄라는 게 스크린 앞에 불만 끄라는 의미인지 알 수 있었다. 불 끄란 말 앞에 영상 볼 거라는 말만 덧붙였어도 바로 알았을 텐데.

또 한 번은 답례품 포장을 할 때였다. 일에 능숙한 다른 여자애가 하는 걸 지켜보고 하려는데 사장이 대뜸 "너 말귀 정말 못 알아듣는구나. 편하게 공부나 하고 살았지?" 했다. 없는 집에서 성장한 내가 공부를 그럭저럭 하기 위해서 얼마나 발버둥 쳤을지, 사장은 모르니까 하는 말이었을 터다. 가난한 집 막내에게 공부는 결코 편한 일이 아니다. 그래서 나는 사장의 말에 모멸감을 느꼈다. 그 외에도 내가 미처 다 기억하지 못하는 수많은 자잘한 일들 때문에 나는 연회장에서 일할 때 누구보다 몸이 부서져라 일했음에도 늘 기죽어 있곤 했다. 일은 결국 한 달이 지나고 그만두게 됐다.

구태여 내 입으로 말하지 않아도 일이 육체적으로 힘들었음은 이쯤 되면 누구나 짐작할 수 있을 것이다. 처음 일했을 때 다음 날 정오까지 일어나지 못했다. 허리와 다리에 근육이 뭉쳐 뻐근했다. 어릴 때 한 번 부러진 적 있는 발목도 욱신거렸다. 하지만 나는 내가 정직하게 몸을 움직여 노동하는 느낌을 좋아했다. 그래서 식기를 닦을 때 다른 애들이 몰래 뺀질거리고 부엌에 들어가 손으로 음식을 집어먹을 때도 나는 성실히 일했다. 사장과 실장의 눈이 닿지 않는 순간이더라도 열심히 일하면 진가가 드러나지 않을까 생각했다. 손님들에게도 최선을 다했다. 이 홀에 와서 만족스럽다고 느꼈으면 좋겠다는 마음으로 일했다. 할아버지, 할머니들에게 웃는 얼굴이 곱고 예쁘단 칭찬도 많이 들었다.

그래서 사장이 인격적으로 모욕을 주는 말을 할 때 진실로 분노가 차올랐다. 편하게 움직이려고 남자 셔츠를 입고 넘어지지 않게 등산화를 신고 열심히 뛰어다녔는데. 고작 최저 시급 받으면서 그렇게 최선을 다했는데. 내 어느 구석이 그렇게 못마땅했는지 나는 알 도리가 없다. 아마 내가 나가고 나선 오래 일해주지 않았다고 흉보지 않았을까 싶다. 그럴 가능성은 적지만 그들이 알아줬으면 하는 마음이다. 나는 일이 고되고 돈이 적어서 그만둔 게 아니라 최선을 다해 일해도 무조건 내가 잘 못 했다는 건가 싶을 정도로 날 무시했던 사장 때문에 그만두었다는 것을.

이건 좀 다른 얘긴데, 이 기회에 이야기하고 싶다. 손님은 결코 왕이 아니다! 돌잔치에 참석한 손님이 식탁 아래 혹은 의자에 애기 똥기저귀를 그냥 두고 가서 내 손으로 치운 일도 여러 번 있었다. 접시를 이미 산처럼 쌓아서 들고 가는데 손가락을 까닥거리며 불러서는, 자기 먹은 접시 치우라며 음식이 남아 있는 국수 그릇, 스테이크 접시, 뷔페 접시 등 사이즈 다른 그릇들을 막무가내로 품에 안겨주는 사람들도 많았다. 출렁거리는 국수 국물과 미역국, 죽에 옷이 젖기도 했다. 그릇을 쏟을 뻔한 적도 있음은 물론이다. 손목도 꽤 시큰거렸다. 몹시 귀족같은 사람도 있었다. 혼자는 아무 것도 못하는 것인지 나에게 음식도 담아서 가져다 달라고 요구했다. 그렇게 본인은 고상한데 정작 애는 귀족은커녕 한시도 가만히 있지 못했다. 식탁보에 음료며 물이며 죄 쏟아서 냅킨으로 얼마나 닦고 또 닦았던지.

그러니까, 품격은 스스로 만드는 거다. 잊지 말자. 꼭 기억하기 바란다. 이상, 평일엔 선생님 소리를 들으며 일하고 주말엔 양손에 똥기저귀와 그릇을 든 채 온몸으로 음식물 쓰레기를 받아내며 일했던 송개미 올림.

날카로운
허니부시의 추억

　　살면서 했던 아르바이트 중 좋은 기억으로 남아 있는 것은 몇 없는데 그중 하나는 대형 마트에서 했던 단기 판촉 아르바이트였다. 나는 로스쿨 입학 원서 제출을 앞두고 원서비를 벌기 위해 추석 연휴 기간을 포함한 한 주간 K사의 건강 음료를 도맡아 팔았다. 까만 면바지에 흰 남방을 입고 하루 여덟 시간을 서 있었는데도 좋은 기억으로 남다니, 역시 사람 일은 이유를 가져다 붙이기 나름이다.

　　사실 일 자체가 쉽거나 처우가 좋았던 것은 아니었다. 장시간 서 있는 일이라는 게 원래 그렇듯 몇 시간만 지나도 다리가 빳빳하게 굳고 종아리가 당겼다. 차라리 판매라도 잘 됐으면 재밌었을 텐데, 내가 맡은 K사의 음료는 사람들에게 다소 생소한 허니부시와 산수유를 주된 재료로 하는 것이었기 때문에 홍삼 등 고전적인 인기 상품에 밀렸다. 하필 가격도 어설프게 비쌌다. 명절 선물이라면 자고로 '값은 적당하면서 포장은 그럴듯하고 제조사가 유명한 것'이 최고인데 내가 맡은 상품은 어디에도 해당되지 않았다.

그래도 일이 괜찮았던 것은 바로 옆 매대에서 일하시던 아주머니 덕분이었다. 작은 체구에 말수가 적은 분이셨는데 내가 경험 없이 혼자 와서 일하는 것을 대견하게 생각하셨던 것 같다. 쉬는 시간엔 직접 만든 고구마말랭이를 나누어주셨고 내가 잠시 화장실이라도 온 사이에 손님이 오면 내가 맡은 물건을 대신 팔아주셨다. 나도 조그마한 간식 빵을 사 두었다가 아주머니와 직원 휴게실에서 나눠 먹기도 했다.

딱히 깊은 인연은 아니었으니 아르바이트 마지막 날 그동안 고생하셨다는 상투적인 인사를 나눈 후로 아주머니 얼굴도 잊고 말았다. 그러나 나는 지금도 아주 가끔은, 많은 이들이 가족이나 소중한 사람들을 만나 맛있는 것을 먹고 여유로운 시간을 보내는 명절 연휴에 매대 귀퉁이를 하나씩 나눠 맡은 채 묵묵히 손님 응대를 하던 아주머니에 대한 기억이 어렴풋이 떠오르곤 한다. 바라는 것 없던 작은 호의가. 명절에 아르바이트하러 온 학생의 개인사를 깊이 캐묻지 않던 배려가. 충분히 잘해주셨음에도 불구하고 이에 더해 기분 상할 일 없게 다독여주던 마음이.

시급 앞에서
아프면 안 돼

나는 이십 대 중반에 교육 콘텐츠와 관련된 회사에서 일했다. 대략 일 년하고 오륙 개월 정도. 그래서 로스쿨의 서류와 면접 전형이 끝난 뒤엔 경력을 살려 두어 달 교육 콘텐츠를 다루는 모 회사에서 아르바이트를 했다. 내 기준 시급 8,500원의 고액 아르바이트였고 근무했던 경력을 온전히 살려서 일할 수 있었으므로 사측에서도 결과물에 만족해했다. 썩 가까운 거리는 아니었지만 그래도 집에서 40분이면 갈 수 있는 곳이었으므로 여러모로 만족스러운 조건이었다.

그렇게 성실히 아르바이트를 하던 어느 날 저녁, 오빠가 의기양양하게 저녁상을 차려줬다. 인터넷에서 냉동 참치 회를 싸게 파는 깃을 발견했단다. 가족 모두가 회를 좋아하지만 워낙 고가의 음식이다 보니 친척 결혼식이나 고희연에나 먹어볼 수 있었는데 오빠가 큰마음 먹고 회를 주문한 것이었다. 서툰 칼질로 조각낸 참치회가 접시 세 개에 가득 담겨 있었고 나는 회에서 올라오는 얕은 비린내를 감지했음에도 그저 맛있게 허겁지겁 먹었다.

그리고 그 대가는 새벽녘의 내가 치러야 했다. 진짜 아팠다. 어떤 수식언도 갖다 붙이기 애매할 정도로 정말 심하게 아팠다. 일어나서 기다가 구르다가 울다가 손을 따고 소화제를 두 병이나 비우고 간신히 눈만 붙였다가 그대로 다시 아르바이트 장소로 출근했다. 병원에 갈 여유가 없어서 확신할 수는 없지만 소화불량과 약한 식중독 증세가 겹친 것 같았다. 출근해서도 식은땀 흘리며 배만 부여잡고 있었다. 배가 부풀어 오르는 것 같아 견디기 힘들었다. 뛰쳐나가 약국을 찾아 20분간 헤맸다. 그러다가 오후가 되자 인내심으로 통증을 억누를 수 있을 것 같았다.

정신이 들었을 때 제일 먼지 한 생각은 일 제대로 못 했다고 급여를 못 받으면 어쩌지, 하는 것이었다. 아픈 와중에 출근을 강행한 것은 일이 차질 없이 해내기 위해서이기도 했지만 그보다는 시급과 주휴수당을 포기할 수 없어서였다. 나는 담당

직원들에게 추가 근무를 하겠다고 말하고 저녁도 안 먹은 채 저녁 여덟 시까지 더 일하다가 눈치 보며 퇴근했다.

사실 나는.

그날 새벽에 통증 때문에 결근을 고민하긴 했었다. 그러나 하루 빠지면 주휴수당은 어떻게 되는 거냐고 걱정하는 가족들의 얼굴을 보며 차마 하루 쉴 거라는 말을 꺼내지 못했다. 돈이라는 게 그렇다. 시급 8,500원씩 여덟 시간 일하면 받는 돈은 68,000원. 컨디션 나쁘다고 포기하기엔 내게도 가족들에게도 너무나 아쉽고 큰돈이었다. 머리로는 그 사실을 너무나 잘 알고 있었음에도 어쩐지 퇴근하는 전철에서는 눈물이 났다.

철든 이후부터 나는 그런 식으로 살아왔다. 시급을 계산하고 그 앞에 나를 바치는 삶. 그날은 여느 때와 같이 가난한 하루였을 뿐이자 그 사실을 그저 다시 한 번 확인한 날이었을 뿐이다. 그럼에도 몸이 아플 때 수당 걱정부터 해야 하는 것이 나의 삶이라는 것을 재차 받아들이기가 못내 서럽다는, 그런 사치스러운 생각을 했다.

3

직장인 개미 씨의
일일

희망 없는
희망연봉

처음 취직했을 때를 기억한다. 내가 다닌 회사는 그래도 나름 전국의 모든 중고등학생들과 학부모들이 아는 중견 기업이었다. 과외와 아르바이트로 점철된 학생의 삶을 벗어나 정기적인 급여를 받는 사회인이 된다는 사실이 너무나 설렜다. 그때 내가 이력서에 적은 희망연봉은 3천여 만 원. 그러나 설렘은 출근 첫날 바로 깨졌는데 근로계약서를 쓰던 나에게 누군가가 -아마 이사님이셨던 것 같은데- "희망연봉은 숫자를 적는 게 아니라 회사 내규에 따르겠다고 적어야 해요"라고 말했기 때문이었다.

그렇게 나는 연봉 2,680만 원을 받는 직장인이 되었다.

눈치 없게도 적어 낸 희망연봉보다 약 300만 원 부족한 돈. 매달 통장에 찍히는 급여는 200만 원에 약간 못 미치는 금액이었다. 청년 실업이 심각하다는 시대에 이만 한 돈을 받을 수 있다는 건 귀하고 감사한 일이었다. 그러나 내 형편을 생각하면 한 푼이라도 더 받고 싶었다.

앞에서도 잠깐 언급했지만 나는 학생 시절부터 얼마를 벌어오든 내 한 달 생활비 외에는 전부 부모님께 드렸다. 처음에는 나에게 필요한 한 달 생활비가 30만 원이었는데 왕복 서너 시간 걸리는 학교로 통학하면서 교재도 사고 밥도 먹고 통신비도 지불하기엔 정말 턱없이 부족한 돈이었기에, 대학교 4학년 즈음엔 40만 원으로 올리고 끔찍이 절약하며 살았다. 그 와중에도 동전을 모으고 소액의 적금을 들었으니 내가 얼마나 궁핍했을지는 쉬이 상상할 수 있을 거다. 그랬던 내가 어쨌거나 반올림해서 200만 원을 벌게 되었으니 열심히 모아서 언젠간 대학원에 진학하여 공부를 마치고 교수 임용에 도전할 수 있을 거라는 희망이 부풀었다.

문제는 그 희망에 부모님 생활비가 포함되어 있지 않았던 거다. 통장에 월급이 찍힌다는 게 일단 신나서 나는 그만 부모님을 잊고 말았다. 그랬던 내게 아빠는 월 100만 원씩 보태달라고 말씀하셨다. 나는 일순간 현기증을 느꼈던 것 같다.

"저, 학비 모으고 싶어요." 그렇게 말씀드렸을 때 되돌아 온 원망스러운 말을 잊을 수 없다. "네가 계획적으로 돈을 모은다고 해서 인생이 계획대로 되는 게 아니야. 일단은 집에 돈이 급하니 100만 원씩 보태라."

내가 취직한 게 스물다섯 살 겨울의 일이니까 나는 6년째 아르바이트로 번 돈을 부모님께 드리고 있었다. 늘 해오던 일이니 그냥 수긍하면 됐을 텐데 그 순간엔 그 말씀이 사형선고처럼 들렸다. 여기에다 '왜 부모님은 고맙다, 미안하다, 이런 말도 없이 언제나 큰 금액을 보태라는 말씀만 하실까?' 하는 원망마저 들었다.

집에 보태는 돈을 월 70만 원으로 간신히 타협한 후 나는 집 앞 공원 벤치에 앉아 울었다. 사립대학에서 만난, 부모님 재력으로 하고 싶은 것을 마음껏 하고 나는 한 번도 가보지 못한 해외 도시를 누비고 배우고 싶은 것도 마음껏 배우는 친구들이 부러웠다. 부모님과 이런 주제로 다퉈본 적 없는 사람들이 부러웠다. 부모님이 미웠다. 그리고 내가 혐오스러웠다. 부모님 입에서 굳이 미안하다고, 네 덕이 크다는 말이 흘러나오기를 바라는 내 옹졸함이 싫었다.

나는 좋은 사람이고 싶었다. 내가 생각하는 좋은 사람에는 좋은 딸이 전제되어 있었다. 그러나 가난이란 것은 이랬다.

제일 사랑하는 사람에게도 돈 몇 푼 때문에 울고 소리 지르게 만드는 것, 계산기를 사이에 두고 셈하게 하는 것, 얼굴에 싫은 소리를 연거푸 내뱉게 이끄는 것. 가난은 지독한 것이며 희망 연봉을 기재하는 것은 눈치 없는 행동이라는 깨달음이 이렇게 첫 월급과 함께 나를 찾아왔다.

법정수당?
먹는 건가요?

내가 다닌 회사(A회사라 하겠다)는 야근 수당을 주지 않는 회사였다. 주말 근무를 하면 그래도 수당을 주긴 했는데 법정 수당을 줬냐 하면, 개뿔. 시급으로 6,000원인가 6,500원인가를 계산해서 줬다. 나는 그거라도 감지덕지였기 때문에 일이 많으면 언제나 야근 대신 주말근무를 할 수 있으면 좋겠다고 희망했다.

그러나 나는 근무 시간을 계산하면서 과장 좀 보태 울 뻔했다. A회사는 사원들이 출근할 때마다 입구에서 지문 인식을 하게끔 되어 있었다. 그런데 이 지문 인식이 매 시간의 정각을 넘어서면 참 오묘해졌다. 내 생각으로는 10시 5분부터 11시 5

분까지 일했으면 1시간이라고 계산해주는 게 맞는 것 같았다. 그런데 10시 정각을 넘으면 어떻게 된 일인지 10시 30분부터 일한 것으로 계산되는 시스템이었다. 나는 남들보다 지문이 뚜렷하지 못한 편이었는지 지문 인식이 잘 안 되는 편이었고 그러다가 정각을 넘기면 분해서 일에 집중이 안 될 지경이었다.

반면 당시 나와 교제했던 애인은 외국계 기업에 다니고 있었는데 법정수당을 칼같이 주는 회사였다. 게다가 A회사처럼 사옥에서 직접 지문으로 인식하는 게 아니라 프로그램에 출석하는 식으로 출퇴근 시간을 관리하는 회사였던 것 같다. 원래도 나보다 훨씬 연봉이 높았던 애인은, 내가 주말 근무하는 날이면 본인도 프로그램에 출근이라 남겨 놓고는 영화를 보거나 농구를 하는 등 취미생활을 즐긴 뒤 다시 퇴근이라 남겨 놓고 나를 데리러 오곤 했다. 그게 바람직한 행동인지는 차치하고 그저 부러웠다.

내가 이 사실을 여태까지도 기억하는 이유는 하나다. 가난은 가치관마저 손쉽게 무너뜨리기 때문이다. 그전까지 나는 자의든 타의든 온 힘을 다해 말 그대로 열심히 살았다. 그러지 않고는 버틸 수 없는 삶이었다. 그래서 나는 성실하고 정직하게 전력으로 사는 것이 내 삶의 가치관인 줄로 알았다. 그러나 알량한 가치관은 수당 몇 푼에 통째로 무너졌고 나는 비참하

게도 거짓으로 받는 주말근무 수당에 질투심을 느꼈던 것 같
다.

교수님 여기서
이러시면 안 됩니다

    가난하면 원래 비참하기 쉽다. 직장인 송개미도 수시로 비참했다. 내가 다닌 A회사는 교육콘텐츠를 다루는 회사였기 때문에 사원들이 교육 전문가인 교수, 교사와 자주 미팅을 해야 했다. 일정이 급박하면 합숙도 무시로 했다. 요번엔 그 합숙 중에 벌어진, 가난 때문에 모멸감을 느낀 일을 적어볼까 한다.

    첫 합숙, 첫날의 일이다. 당시에는 합숙 장소에서 전문가 8인과 사원 1인만 취침하고 나머지는 새벽에 퇴근했다가 아침에 현장 출근하는 방식으로 합숙 일정이 진행됐다. 나 역시 자정 넘긴 시간에 짐을 챙겼고 합숙 장소 밖 주차장에는 애인이 차를 몰고 와 기다리고 있었다. 모 교수가 늦은 귀가를 염려해주길래 나는 순진하게도 바깥에 남자친구가 기다린다고 말했는데 그때 옆에 있던 다른 교수가 이렇게 말했다.

"남자친구 불러. 여기 빈 방 많은데 그냥 가면 섭섭하지?"

맹세코 나는 누군가 나에게 성희롱을 하면 냉정하고 매섭게 쏘아붙일 수 있을 거라 믿으며 살아왔었다. 그런데 그땐 그 말을 듣는 순간 사고가 정지했다. 내가 무슨 말을 들은 거지? 이게 성희롱이 맞는 거지? 그럼 나는 어떻게 해야 하지? 하는 의문만 뒤늦게 떠올랐는데 내가 답을 내리기도 전에 내 몸이 반사적으로 움직였다. 나는 문제의 발언을 한 교수에게 덜덜 떨면서 웃어보였던 것이다.

"교수님, 저는 농담과 진담을 잘 구분하지 못하니 다음에는 그러지 말아주세요."

간신히 그 말만 남기고 방을 빠져나왔다. 이야기를 전해 들은 애인은 길길이 화냈다. 대형 언론사 기자 출신인 아버지에게 이야기해서 이 일을 공론화 시키겠다며 분통을 터트렸다. 이때도 내 입이 저절로 열렸다. 안 돼, 그러지마. 반사적으로 말하고도 나 스스로 영문을 몰라 어리둥절했는데 이유를 캐묻는 애인에게 구차하게 변명을 덧붙이며 깨달았다. 나는 이번 일로 인해 직장을 잃을까 두려워하고 있었다.

그다음 날이 더 가관이었다. 현장으로 바로 출근한 나에게 한 교사가 싱글벙글 웃으며 "어제 바로 집으로 간 것 맞아? 옷이 같은 것 같은데?"라고 말한 거다. 참고로 그 교사에게는 나보다 고작 다섯 살 어린 스무 살의 딸이 있었다. 입에서 나오면 다 말인 줄 아는 인간들에게 이가 빠득 갈렸는데도 나는 단 한 달이라도 월급을 받지 못하면 안 되는 형편이었으므로 그저 못 들은 척했다.

그때 내 심정이 어떠했을지 짐작이 가는가? 원치 않는 사실을 절감해야 했다. 나는 어려서는 돈 때문에 음식물 찌꺼기와 똥 묻은 기저귀를 손으로 만지는 학생이었고 그런 내가 사회인이 되어봤자 돈 때문에 성희롱 당하면서도 애써 웃어 보이는 직장인이라는 걸. 나는 지금도 얼굴 근육에 억지로 힘주며 입꼬리를 당기던 스물다섯의 나를 생각하면 눈이 붉어지고 목이 아파온다.

이건 후일담인데 나는 그 해 겨울에 애인에게 가난을 이유로 차였다. 프로젝트 마무리를 자축하는 회식 자리에서 내 결별 사실이 흘러나왔는데 이때 문제의 교수는 또 이런 명언을 남겼다.

"내가 볼 때 너는 남편보다는 시아버지를 구하는 게 나아. 양재천 가면 대낮에 돈 많은 노인네들이 산책하곤 하니깐 가서 '아버님, 저랑 커피 한 잔 해요.' 하고 말 붙여봐."

이별도
산재 되나요?

나는 A회사에 취직하고 2주 후 소개팅으로 전 애인(갑돌이라 하겠다)을 만났다. 갑돌이와의 대화는 하품 참기 챌린지 같다 싶을 정도로 지루했는데 괴상하게도 갑돌이는 내가 맘에 쏙 든 것 같았다. 처음에는 밀어냈으나 상처받은 갑돌이의 모습에 마음이 약해져 다시 연락을 취하게 됐고 우여곡절 끝에 연인이 되었다.

우습게도 연인이 되고 내가 가장 먼저 한 일은 갑돌이에게 내 경제적 형편을 알리는 것이었다. 갑돌이의 나이는 스물아홉. 나랑 안정적으로 연애를 이어가게 된다면 결혼을 염두에 둘 수 있는 나이라고 생각했다. 하지만 가난한 사람을 배우자로 원하는 사람은 없을 거라고 생각했으므로 갑돌이에게 우리 집이 얼마나 가난한지 내가 얼마나 처절하게 살았는지를 다 털어놓았다. 앞으로도 부모님께 매달 생활비를 보태드리며 살게 될 것이라는 것도 빼놓지 않았다. 나와 정이 깊어지기 전에 갑돌이가 충분히 현실의 문제를 저울질해보고 일찌감치 나와의 관계를 정리할 수 있게 기회를 준 것이었다. 나는 잊지 않고 이런 나의 의도까지도 전달했다.

그때 갑돌이가 보인 모습은 퍽 감동적이었다. 그는 내가 귀티 나게 생겼다며 아르바이트라곤 한 번도 안 해봤을 줄 알았다고 말했다. 데이트 비용도 자신이 더 많이 부담할 것이라고 말하며 내가 버는 급여는 미래를 위해 저축하라고 독려해줬다. 실제로도 그는 금전적으로 나를 많이 배려해줬고 좋지 않게 헤어진 지금도 이때 갑돌이가 보여준 배려는 정말 고맙게 기억하고 있다.

그러나 갑돌이 부모님이 나를 궁금해하시며 결혼을 재촉하실 때부터 문제가 수면 위로 드러나기 시작했다. 나를 금전적으로 배려해주겠다는 갑돌이의 의지는 그 자체로 숭고한 것이었으나 큰 빚을 지고 신혼생활을 시작하는 것은 부담스럽게 생각했던 것 같다. 결국 우리가 결혼 준비 근처에도 가지 않았음에도 서둘러 이별을 고한 걸 보니 말이다. 마침 갑돌이의 지인이 혼인에 이르게 됐는데 양가에서 1억 5천만 원씩 지원해 주어 3억짜리 전세 아파트를 얻었다고 했다. 이 이야기를 전하던 갑돌이는 못내 지인이 부러운 기색이었다.

게다가 내가 회사에서 정도를 넘어선 야근을 시작하면서부터 갑돌이는 철저히 내게 맞추는 희생적인 포지션을 취하게 됐다. 아마 그러한 육체의 고단함이 감정 변화를 불러일으켰을 것이라고 생각한다. 결국 갑돌이는 내게 문자로 이별을 통보했다. 나는 그간 받은 배려를 돌려주고 싶었고 마음이 식은 이유가 듣고 싶어서 갑돌이에게 매달렸다. 갑돌이는 처음에는 이유를 알려주지 않았는데 나중에야 이렇게 얘기했다.

앞으로도 이렇게 네 뒷바라지하며 살고 싶지는 않아.

사람 마음이라는 게 참 신기했다. 나는 그 말을 듣자마자 갑돌이에 대한 미련이 싹 달아나며 더는 붙잡지 않겠다는 결심이 섰다. 갑돌이를 원망해서가 아니었다. 나는 갑돌이의 결론이 지당하다고 생각했다. 돈도 없고 직장 근무 환경은 가혹하기만 한 나 같은 사람. 나와 있으면 갑돌이는 내가 진 짐을 나눠져야 했다. 기꺼이 그 짐을 나눠지겠다고 결심하기엔 나에 대한 애정이 부족했을 터. 그 마음도 결정도 이해할 수 있었다.

하지만 결정을 이해한다고 해서 내 처참한 기분마저 해결되는 건 아니었다. 내 가난이라는 게 그토록 나를 작고 못나게 만들더니 이제는 사랑마저 떠나가게 만드는구나. 제대로 된 연애는 처음 해보는 것이었고 나는 갑돌이와 오래 함께하고 싶었다. 첫 만남은 더없이 지루했으나 겪을수록 다정하고 진국인 사람이라고 느꼈다. 그러나 나는 다시금 가난과 단둘이 덜렁 남겨지게 되었다.

그로부터 약 1년 반이 지난 어느 날, 로스쿨에 입학한 나는 법학관 근처 인쇄소에서 수업자료를 출력하고 있었다. 오후 세 시쯤이었던 것 같은데 뜬금없이 갑돌이로부터 문자가 왔다. 일하고 있을 시간에 웬 문자인가, 싶어서 어이가 없었다. 곧 수업이 있었으므로 갑돌이의 문자를 머릿속에서 지워버렸는데 그날 새벽 또 문자가 왔다. 내가 마지막으로 주었던 편지를 이제야 용기 내어 읽었다며 내가 준 편지 사진을 찍어 첨부해 보냈더라.

갑돌이가 원하는 게 무엇일지 한참 고민했다. 그런데 긴 문자 어딜 봐도 '그립다'라든가 '다시 만나자'라는 이야기는 없었다. 그래서 나는 합리적으로, 갑돌이는 지나간 연인을 추억하는 자신의 감정에 푹 빠져 있을 뿐이라는 결론에 도달했다. 어쩌면 새로운 누군가를 만나고 있을 수도 있다고, 또 어쩌면 결혼까지 앞두고 있어서 메리지블루를 느끼는 것일 수도 있다고 생각했다. 그랬더니 슬쩍 웃음이 나왔다. 답장은 하지 않았다.

D를
기억하며

내가 A회사에 지원하게 된 계기는 어릴 적의 경험 때문이었다. 사실 나는 중학생 무렵까지는 집안 형편이 제법 괜찮았다. 넉넉하고 부유했던 것은 아니고 평범한 서민 정도는 됐다. 부모님께선 선행 교육에 열을 올리는 대신 내가 원하는 책을 맘껏 사주셨다. 그래서 나는 비는 시간엔 언제나 책을 읽고 글을 쓰곤 했다.

이런 나에게 독서 메이트가 생겼다. D라는 친구였다. 중학교 1학년 때의 국어 선생님께서 D역시 책을 좋아하는 아이니까 함께 독서하고 이야기도 나누어보라고 하셨다. 다만 D는 책을 살 형편은 안 된다고 했으므로 내가 책을 빌려주곤 했는데 그마저도 오래 가진 못했다. D가 자꾸 책 귀퉁이를 찢어놓았기 때문이었다. 내가 이를 따져 물었을 때 D는 그저 어깨를 으쓱하며 자긴 원래 책 읽으면서 모서리를 찢는 편이라고 대답했다.

책을 빌려주는 건 멈추었지만 그렇다고 D에 대한 관심마저 모두 사라진 것은 아니었다. D는 어느 날 지나가는 말로 자기에겐 오빠가 한 명 있는데 사이가 나쁘다고 했다. 나 역시 오빠가 있었고 당시 우리는 하루에 세 번씩 싸웠기 때문에 나는 그 이야기에 공감했다. 아니 정확히는 공감했다고 믿었다. 그러나 D와 그의 오빠와의 관계는 내가 생각하는 것처럼 컴퓨터나 간식을 놓고 투닥거리는 관계가 아니었다. D는 오빠로부터 주기적으로 폭행당하고 있었다.

그때의 대화 이후로 나와 D는 멀어졌다. 애초에 별 접점이 없던 사이였고 나는 샌님처럼 책만 읽는 아이였는데 D는 일진 패거리와 어울리기 시작한 것이 이유였다. 어쩌다 복도에서 마주쳐 D가 큰소리로 인사하면 나는 어색하게 손을 흔드는 그 정도의 사이가 되었다. 그렇게 중학교 3학년이 되었을 때 학교에 돌연 종이 한 장이 붙었다. D를 포함한 몇 학생들에 대한 퇴학 조치를 알리는 공고였다.

나는 그제야 깜짝 놀라 D에 대한 소문을 찾아다녔다. 어째서 나만 몰랐을까 싶을 정도로 D의 소문은 학교 전체에 퍼져 있었다. 우등생인 K를 D와 친구들이 교실 구석에 몰아넣고 마구잡이로 폭행했다고 한다. K는 그날 이후로 얼굴에 흉터 방지 패치를 붙이고 다녔다. 그리고 D는 그날 이후로 학교 주변에서 볼 수 없었다.

그때부터 나는 알고 싶었다. 목소리는 좀 크지만 책을 좋아하는 학생이었던 D가 어떻게 퇴학당한 일진이 되었는지를. 짐작 가는 부분은 있었다. 수시로 D를 폭행하는 오빠와 이를 방관하는 부모. 도움받을 곳도 없는 상황에서 D는 전신에 가해지는 폭력을 체험하다 못해 나중에는 그 몸으로 폭력을 실천했으리라. 도움의 손길도 별로 없었을 것이다. 우등생인데다 부모님이 모두 교사인 K와 달리 공부도 잘 못하고 교복을 줄여 입으며 친구들과 패거리 지어 다니는 D에게 과연 어른들이 얼마나 관심을 주었겠나. 아마도 D의 변모는 그런 과정을 통해 이루어졌을 것 같다.

물론 결코 D를 옹호하고자 하는 것은 아니다. 나 역시 고등학생이 되어 지독한 따돌림을 겪어보았기 때문에 D가 저지른 잘못을 감쌀 생각도 없다. D와 그의 친구들로 인해 K는 평생 안고 갈 상처를 입었으니 강력한 조치를 받아 마땅했다. 이와는 별개로 D가 오빠한테 맞고 산다고 무심하게 내뱉었던 말이

학교를 졸업한 후에도 자꾸 떠올랐다는 말이 하고 싶은 거다.

그래서 나는 대학생이 된 이후로 교육 봉사를 시작했고 졸업 학기가 되어선 교육 콘텐츠를 만드는 A회사에 지원하게 됐다. D와 같은 학생들이 공부에 재미를 느끼고 학교에 정을 붙이며 조금이라도 엇나가지 않게 돕고 싶었다. 그건 D의 말을 무심히 넘긴 나의 뒤늦은 속죄였다.

한편으로는 나와 D를 동일시하는 마음도 있었다. 나 역시 중학교를 졸업할 무렵부터는 가정 형편이 급격히 어려워졌으므로. 어쩌면 나도 제2의 D가 될 수 있었을 터였다. 다만 나의 부모님은 자식에게 헌신적인 분들이었고 나의 오빠는 열심히 공부하여 명문대에 진학하며 내가 가면 좋을 바른길을 보여주었기 때문에 다행스럽게도 내가 엇나가지 않을 수 있었다. 그래서 -이런 표현마저 조심스럽지만- 나와 같은 천운이 따라주지 않은 D를 떠올리며 진로를 정하게 되었다.

안타깝게도 실제로 일을 하고 나서는 내가 바라는 이상을 그 업계에서 실현하는 게 순진한 발상이라는 것을 깨달았다. 얼마 안 가 그 업계를 떠난 지금도 D는 여전히 내 의식 속으로 불현듯 찾아온다. 그리고 나는 여전히 그에게 이기적인 속죄를 하고 싶다. 아직 어떤 방식으로 해야 할지는 모르겠지만 말이다.

가해의
역사

평소와 같이 출근 준비를 하는데 유난히 목이 칼칼하고 몸이 뜨거운 날이었다. 감기가 오고 있는 것이 틀림없었다. 설상가상으로 아침밥으로 먹을 만한 것도 없었다. 지금이야 정말 많이 달라졌지만 내가 성인이 된 이후부터 로스쿨에 진학하기 전까지 아빠와 오빠는 요리에 손도 대지 않는 사람들이었다. 식사 준비는 늘 엄마나 내가 해야만 했는데 전날 잠들기 전에 나도 엄마도 너무 피곤해서 아무런 아침 준비를 해놓지 못하고 잠든 탓에 아침에 먹을 게 없었다. 그러니까, 집을 나서기 전부터 내 컨디션은 최악이었다는 의미다.

간신히 현관문 밖으로는 나왔는데 하필 집 근처에 문 연

약국도 없었다. 사실 예상은 하고 있었다. A회사는 아침 8시 30분까지 출근해야 하는데 우리 집이 회사와 전철로 1시간 30분 거리에 있었으므로 전철역 근처에 도착했을 때가 아침 7시도 되기 전이었기 때문이다. 잠시 고민하다가 편의점으로 향했다. 어차피 근처에 갈 수 있는 약국도 없으니 빈속도 달랠 겸 쌍화탕을 한 병 마시기로 결정했다. 이게 잘못된 결정이 될 줄은 몰랐다.

정확하게 기억하는데 그때 나는 쌍화탕 한 병을 집어 들고 계산대로 가 멤버십 카드를 내밀며 포인트로 계산해달라고 요청했다. 계산대에 서 계시던 50대 정도로 보이는 아저씨께서 카드의 바코드를 찍으셨다. 그러고는 더는 말씀이 없으시기에 고개를 꾸벅 숙이고 뒤로 돌았을 때였다. 계산해야지, 하는 소리가 뒤에서 들렸다. 돌아보니 아저씨께서 손을 내밀며 카드를 다시 보여달라고 하시는 게 아닌가. 휴대전화 화면에 다시금 멤버십 카드를 띄워서 내밀며 포인트로 계산해달라고 다시 한 번 말씀드렸다.

나는 이쯤 되면 계산이 됐을 줄 알았다. 그런데 이상하게도 카드를 다시 달라는 요청이 계속됐다. 보여드리고 집어넣으면 도로 꺼내달라고 해서 바코드를 찍고, 다시 집어넣으면 또 꺼내라고 해서 찍고. 그렇게 바코드를 대여섯 번 찍었을 즈음

나는 짜증을 꾹꾹 눌러 참으며 "이제 계산된 거 맞죠?" 하고 물었다. 대답이 돌아오지 않았다. 그냥 가도 되나보다 하고 돌아서서 나오는데 뒤에서 부르는 소리가 들렸다. 계산하고 가라는 말이었다.

이때 그만 폭발하고 말았다. 나도 모르게 "포인트로 계산해달라고 했잖아요!"라고 소리쳤다. 아저씨는 괘씸하다는 듯한 얼굴로 알아들을 수 없는 고함을 쳤다. 귀가 아파서 더는 실랑이 안 하고 다시 카드를 내밀었다. 바코드 찍는 것을 다시 확인하고 뒤돌아 나오는데 뒤에서 연신 꿍얼거리는 소리가 들렸다. 나는 짜증스러운 손길로 문을 열고 나와 쌍화탕을 꿀떡꿀떡 마셨다.

그렇게 언짢은 기분으로 출근해 일하기 시작했다. 오후쯤 되었을 때였나, 아침의 일이 떠올랐다. 인터넷 뉴스 기사를 하나 읽었기 때문이었다. 회사의 근속기간이 점점 짧아지고 중년층 실업자가 늘어났다는 그런 이야기. 이내 나는 편의점 포스기 다루는 데 서툴렀던 아침의 그 아저씨가 떠올랐다. 그러고 보니 자주 가던 편의점이었는데 그날 그 아저씨를 처음 본 것도 같았다.

여기까지 생각하자 갑자기 내 머릿속에서 그 아저씨는 원치 않게 실직한 탓에 이제 막 편의점 아르바이트를 시작한 사연을 가진 어른이 됐다. 실제로는 어떤지 모를 일이다. 어쩌면 편의점을 인수한 지 얼마 안 된 사장님일 수도 있지. 그렇지만 이런 가정을 하자 갑자기 아침의 일이 후회되기 시작했다. 그 아저씨 입장에선 포스기 좀 서툴게 다루었다고 한참 어린 사람한테 갑작스러운 짜증을 들은 것이었을 테니. 자꾸 마음에 걸렸다.

왜 그렇게나 아침의 일이 신경 쓰였는지 스스로 질문하다보니 한 가지는 알 것 같았다. 나는 내가 가난하게 살았으므로 언제나 약자라고 생각했고 약자이기 때문에 누구에게도 가해자가 될 수 없으리라고 믿었다. 그러나 편의점 아저씨에게 언성을 높이던 그 순간에는 내가 감정적 가해자였다. 나도 누군가에게 가해자가 될 수 있었던 거다. 그 사실을 무의식중에 깨달았을 때 느낀 배덕감이 나를 불편하게 했다.

그래서 이따금 내가 가진 게 없다는 이유로 주변 사람들의 선의를 바라고 날 아껴주는 사람들의 배려를 당연하게 여길 때면 잊지 않고 스스로에게 말할 것이다. 나는 무조건적이고 영원한 약자가 아니므로 항상 조심하고 노력해야 한다는 사실을 말이다.

여름 나기
비법 대공개

나는 전부터 내가 태어날 즈음엔 더위가 양수처럼 날 감싸고 있었을 거라 생각했다. 오글거리는 하이틴 소설 속 문장 같은 생각이지만 말이다. 실제로도 나는 한여름에 태어났으므로 영 그른 말은 아닐 거다. 이런 생각을 하게 된 것은 내가 추위에 겁나게 약하기 때문이다. 아무리 더운 날이어도 찬물 샤워를 못 견디는 나. 일부러 온수를 꺼 두고 욕실로 들어갔음에도 발등에 찬물이 닿자마자 괴성을 지르는 나. 이 정도면 추위 타는 게 정체성이다 싶다.

이런 내 특성에 대해 말하면 사람들은 신기하게도 "그럼 더위는 잘 견디겠네?"라고 말한다. 추위를 많이 탄다는 건 그냥 추위에 내성이 없는 깃뿐이지 딱히 더위를 더 잘 견디는 건 아니다. 하고 싶은 말이 뭐냐면, 내게 여름은 추운 겨울에 버금 갈 정도로 너무 힘든 계절이었다는 거다.

그때 글을 쓰며 무더위를 버텼다. 내가 초등학생일 때부터 쓴 낡은 선풍기를 틀어 놓고 오만가지 잡소리를 썼다. 마침 읽던 책에서 정약용 선생님이 붓 가는 대로 글 쓰는 것이 노년의 큰 즐거움이라 하시기에 나는 손가락 가는 대로 자판을 누르며 없는 즐거움을 강제로 만들어냈다. 그렇게 더위를 느끼는 감각 외의 것에 집중하다 보면 땀이 식으며 살만해졌다. 이것이 바로 문학의 현대적 수용이지.

이쯤에서 "더우면 에어컨을 틀지?"라는 생각이 들 텐데 그건 마치 "빵이 없으면 과자를 먹으면 되지"와 같은 소리다. 비록 고물이지만 집에 에어컨이 있기는 했다. 하지만 쌀도 빚 내서 사는 판에 전기세를 감당할 수 있을 리가 없다. 그래서 나는 더위를 인식하는 감각을 잠시 죽이고 다른 일에 집중해야만 했던 거다. 대개는 힘들었던 감정을 토로하는 글을 썼다. 말 안 듣는 과외 학생에게 차마 하지 못했던 속 시원한 이야기라든가 만원 전철에서 시비를 걸어오던 할아버지의 이야기 따위를 두서없이 적었다. 부모님과 다툰 날이면 메모장을 켜서 원망을 쏟아내고 창을 닫아버렸다. 그러면 더위인지 내가 품고 있던 화인지 모를 열기가 가라앉았다.

웃기게도 당시에는 이렇게 더위를 견디는 게 못내 괴롭고 힘들기만 했는데 지금은 그런 시간이 있었다는 것에 조금은 감사하고 있다. 머릿속을 가득 채우는 열기를 밀어내기 위해 억지로 기록에 집중한 덕분에 나는 내 대학시절을 제법 잘 기억할 수 있게 됐다. 그때 끼적인 감상이 각색되어 '소설가가 되지 못한 나에게'와 '짝사랑과 생선 가시와 립스틱'이 되었으니 이 원고를 수월하게 쓰는 데도 도움이 됐다. 그리고 기억을 원고로 승화시킴으로써 한때의 불행을 영원한 불행으로 남기지는 않을 수 있게 되었다. 감사한 일이다.

거시적
긍정 회로

하나, 직접 가본 적은 없지만 베르사유 궁전에 화장실이 없다는 사실은 안다. 왕과 그 가족은 전용 변기가 있었지만 그렇지 않은 사람들은 풀숲에서 슬쩍 용변을 해결하기도 했고 이 때문에 향수와 하이힐이 만들어졌다는 이야기는 이제 너무나 유명하다. 이런 비위생적인 환경이 더해진 탓에 흑사병으로 인한 피해가 컸다고. 그러나 이때 너무나 많은 인구가 죽었기 때문에 생존한 자들이 차지한 재산과 자원이 풍족해지며 오히려 경제가 발전하는 아이러니한 결과를 낳았다고도 한다.

둘, 진시황이 6국을 통일하고 황제가 되었을 때 그는 수많은 유가 서적을 불태우고 유학자들을 박해하며 권력을 마구 휘둘렀다. 더 나아가 그는 자신의 위엄을 과시하기 위해 수레를 타고 넓은 중원을 다니곤 했는데 이때 백성들은 덜덜 떨며 황제의 수레 앞에 엎드리지 않고 오히려 황제의 얼굴을 구경하기 위해 앞다퉈 몰려들었다고 한다. 심지어 시황제가 화남을 순행할 때는 항우가 큰 소리로 "그를 갈아 치워야 한다"고 외쳤다고 했을 정도다. 시황제의 의도와는 달리 사람들은 그를 보며 위엄을 느끼는 것이 아니라 오히려 황제만 쓰러뜨리면 자신이 새로운 권력의 중추가 될 수 있다고 믿었을 것이다.

내가 생각하는 이 두 이야기의 공통점은 이거다. 미시적인 관점에서 일어나는 어떠한 현상이나 사건은 약간의 시간만 흘러도 당초 예상할 수 없던 방향으로 진행된다는 것. 역사는 거대한 줄기로 꿈틀거리는 것이며 그 앞에서 한 인간이 나의 뜻대로 되리라, 하고 덤비는 것은 우스운 일일지도 모른다는 것. 그렇기 때문에 지금 내가 알고 있는 사건들 역시 얼마의 시간이 지난 후엔 달리 평가될 것이며 어쩌면 지금의 결과는 먼 훗날의 과정에 불과할 수도 있다는 것.

힘들 때마다 나는 여기서 작게 위로받았다. 저 두 이야기는 살면서 아무리 긍정 회로를 돌리려고 노력해도 도저히 현실의 어려움을 이겨낼 수 없을 때 등장하는 최후의 보루 같은 것이었다. 내 당장의 미시적 삶은 고통이더라도 조금만 지나면 내가 상상하지 못했던 좋은 결말을 가져다주는 과정이며 그렇다면 나는 제법 괜찮은 방향으로 잘 살고 있는 거라고 생각했다. 이렇게 이야기의 힘을 빌려서 나는 꾸역꾸역 현실을 버틸 힘을 얻어내곤 했다.

원하는 일을
한다는 것

나는 A회사에 약 1년 5개월 정도 다니고 퇴사했다. 폭풍
같은 시간이 지난 뒤였다. 마지막으로 출근하던 날 사무실을
빠져나가며 어쩐지 허탈한 마음이 몰려와 눈물이 났는데 그래
도 그때부터 지금까지 변함없이 장담하는 것은 이거다. 나는
퇴사를 후회하지 않는다는 것. 거의 1년 반이나 다녔고 나는
쓸데없이 정이 많은 인간인데 어떻게 이토록 아쉬움 없이 후
련함만 남을 수 있는지 의외였다. 그 이후로 나는 직업에 대해
다시 생각하게 되었다.

20대 초반의 나는 늘 이상에 찬 사람이었다. 발은 현실을
단단히 딛고 섰으나 머리는 구름 위에 있었다. 사는 게 버겁다

보니 오히려 더욱 고상하고 숭고한 이상을 꿈꾸었고 스스로에게도 그리 살 것을 강요했다. 또 내가 너무나 약자라고 생각했고 오로지 약자만이 약자에게 연대할 수 있다고 믿었다. 그런 천진한 생각이 가득했던 나는 나의 이상과 연결된 직업들을 꿈꿔왔다. 기자를 꿈꾼 것도 노동 르포 기사를 본 데서 영향을 받은 것이었고 A회사에 들어간 것 역시 내가 교육에 이바지하여 간접적으로나마 10대 학생들에게 조력할 수 있길 바라서였다.

그러나 직업 생활은 냉정한 현실이었고 A회사의 일은 내 특성과는 전혀 상관이 없었다. 전혀 몰랐던 사실인데, 대학에서 팀플도 잘했던 나는 알고 보니 팀제로 일하는 것을 별로 좋아하지 않았다. 비효율적으로 시간을 쓰는 것을 극도로 싫어했고 자투리 시간까지 탄력 있게 활용하는 것을 좋아했다. 일에서 나의 영향력을 실감할 수 있고 자아효능감을 느낄 수 있기를 바랐다. 하지만 A회사에서는 하루에 서너 시간이나 회의해야 했고 내 의견이 실무진이 정한 방향에 맞지 않아 묵살되는 경우엔 남보다 의욕이 많이 떨어졌다. 협업해야 하는 사람도 많았는데 그들이 기한을 지키지 않으면 손이 묶인 채로 하염없이 기다려야 해서 그 역시 힘들었다. 솔직히 그 모든 고통과 의구심을 아무렇지 않게 받아넘기기엔 처우가 너무 나빴다.

재밌게도 변호사로 일을 시작한 뒤에야 나의 이런 구체적인 특성과 그에 따른 A회사와의 부조화를 깨닫게 되었다. 변호사의 일은 대체로 독립성이 있고 그래서 내가 맡은 하나의 일을 온전히 나의 페이스와 나의 책임으로 끌고 나갈 수 있었다. 선임 변호사님으로부터 지적과 가르침은 감사히 받지만 그렇다고 변호사님과 매일 회의를 하지도 않았고 나의 의견이 완전히 배제된 적도 없었다. 소득도 올라서 앞으로 어떻게든 빚을 갚고 살 수 있겠다는 기대감이 생긴 것은 물론이다. 그렇게 수개월 일하다 보니 자연히 현재의 경험과 A회사에서의 경험이 대조되기 시작한 거다.

그러니 없는 형편에도 불구하고 과감히 퇴사를 감행한 것, 학비 비싼 로스쿨에 돌연 입학하여 완전히 다른 일을 하게 된 것에 대해 상당히 만족하게 됐다. A회사에 남았다면 업무 능력은 늘었겠지만 이 일이 내게 과연 맞는 일인지 내가 잘할 수 있는 일인지 이 일을 하며 평생 살 수 있을지 끊임없이 의심했을 거다. 시간이 더 흐르면 그때서야 '직업을 그렇게 이상적으로 정하는 게 아니었는데'라며 후회했겠지.

그래서 더 늦기 전에 진로를 변경할 수 있게 된 것을 감사하게 여기며 이직과 진로 고민을 털어놓는 친구들이나 동생들에게 조심스럽게 이야기를 건네곤 한다. 직업과 사회생활은 진정 현실이므로 네가 가장 바라는 것이 무엇인지 자신에게 노골적으로 질문해보라고 말이다.

'무항산無恒産이면 무항심無恒心'이라고 한다. <맹자> 양혜왕 편에 나오는 말로 생활이 안정되지 않으면 바른 마음을 견지하기 어렵다는 뜻이다. 내게 경제적 안정이란 곧 안정적인 직업 생활을 뜻하므로 나는 이 구절을 내 방식대로 받아들였다. 내가 평생 반복해야 할 직업 생활이 내 특성에 맞지 않고 내 마음에 차지 않는다면 언젠가 그 직업 생활은 청산될 거다. 어쨌든 나는 '죽도록 하기 싫은 일을 평생 참고 해내는 사람'에 속하지 않으니까 언젠가는 그만뒀을 게 분명하다. 그래서 난 퇴사했고 만족한다. 앞으로 변호사보다 더 잘 맞는 직업을 가질 기회가 생긴다면 나는 그때도 주저하지 않을 것이다.

회사 스트레스는
역시 사람

나는 현재 내가 몸담은 로펌을 꽤 좋아하는 편인데 그 이유 중 가장 큰 부분은 인간관계다. 직원 선생님들께서도 사이가 좋으시고 나를 존중해주시며 훨씬 경력이 높은 변호사님들도 많은 배려를 해주신다. 서면을 제출하면 그 결과물이 부족하더라도 격려해주시고 일하며 생기는 의문을 적극적으로 해결해주신다. 일이 주는 스트레스 외에 이 공간에서 부가적인 스트레스를 얻지 않는다는 사실이 얼마나 사람을 기분 좋게 하는지.

반면 내가 A회사를 다녀서 힘들었던 건 사실 사람 관계에서 오는 지독한 스트레스가 훨씬 컸다. 나에겐 사수가 두 명 있었는데 내 바로 위 사수는 나와 연차가 2년인가 3년인가 차이 나는 사람이었다. (C라 하겠다) C는 처음에는 사람 좋아 보였다. 말수는 좀 많아도 적당히 수더분한 성격인 것 같아서 잘 지낼 수 있겠다고 기대했다. 그러나 C는 언제부턴가 나에게 묘하게 못되게 굴기 시작했다.

지금도 기억나는 것이 있다. 중요한 프로젝트를 앞두고 회의할 때였다. 팀장님 의견을 주의 깊게 듣고 있었는데 옆자리에 있던 C가 갑자기 내 팔을 철썩 때렸다. 놀라서 휘둥그레한 뜬 눈으로 쳐다봤더니 C가 대뜸 "개미 씨, 지금 회의 중에 자는 거야? 이 중요한 얘길 하는데 자면 어떡해!"라고 하는 거다. 나는 황당해서 잠시 입이 얼어붙었고 다른 팀원들은 진짜로 막내 사원이 회의 중에 졸기라도 한 것인지 의심 어린 눈으로 날 보고 있었다. 다행히 팀장님이 "개미 씨 완전 열심히 듣고 있는데 왜 그래"라고 말씀하셨다. 그걸로 그 일은 유야무야되었는데 어쩐지 찜찜함을 지울 수 없었다.

이후로 C는 아주 사소한 부분에서 치사하게 나를 괴롭히기 시작했다. 프로젝트로 합숙하느라 같은 방을 쓴 적이 있는데 다음 날 관계자들까지 모두 모여 식사하는 자리에서 큰 소리로 "근데 개미 씨가 밤새 코를 그렇게 심하게 골더라고요?"라고 말하는 게 아닌가. 콩나물국밥 신나게 먹다가 갑자기 대화 주제로 소환되어 당황스럽긴 한데 내가 자면서 코를 골았는지 안 골았는지 알 도리가 없어서 차마 코를 안 골았다고 말하지는 못하고 대신 왜 그런 말씀을 하셨냐고 항의하려던 찰나였다. 그때 옆에서 지켜보던 S대리님이 먼저 "그런 이야기를 여기서 꼭 꺼내야겠어?"라고 말하며 주의를 주었는데 이때도 C는 내가 아닌 S대리님에게 냉큼 사과하고는 아무 일 없었다는 듯이 밥을 먹었다.

그 이후로도 업무상 당연히 가르쳐야 할 것들을 신경질 내며 대충 알려준다든가, 위염으로 고생하는 나를 챙기는 시늉하며 먹기 싫은 음식을 억지로 먹게 한다든가 하는 성가시고 짜증나는 일들이 반복됐다. 이게 끝이 아니었다. 나는 A회사를 관두면 다시는 C에게 신경 쓸 일이 없으리라고 생각했다. 근데 C는 그렇게 생각 안 했는지 퇴사한 나를 또 다시 괴롭혔다.

사정은 이렇다. 나는 퇴사한 후 같은 팀에서 일했던 모든 분들께 카카오톡으로 새해 인사를 돌렸다. 모두가 확인하고 답을 주었으나 C만은 끝까지 메시지를 확인하지 않았다. C가 나를 차단했겠거니, 하고 신경 쓰지 않았는데 알고 보니 C는 그다음 날 출근해서 거짓말로 나를 모함한 것이 아닌가. 나에게 메시지를 받은 사람들에게 C가 자신은 메시지를 전혀 못 받았다고, 너무 서운하다고 말한 거다.

나 원 참. 나는 이 사실을 2월이 되어서 전 회사 사람들과 식사하다가 전해 듣고 알게 되었다. 솔직히 C에게 아주 넌더리가 난 터라 C가 내 메시지를 안 읽었을 때부터 이런 일이 일어날 수도 있겠다는 상상을 한 번쯤 했으나, 이내 설마 그 나이 먹고 그렇게 유치하게 굴겠냐며 생각을 금방 머릿속에서 지웠다. 세상에, C는 내 예상을 뛰어넘는 사람이었고 그런 거짓말이 들통날 일이 없다고 믿은 건지 아니면 들키든 말든 내 흉을 보고 싶었던 건지 알 수는 없지만 아무튼 그렇게 없는 일을 지어내며 내 험담을 했다. 나는 휴대전화에서 사람들에게 내가 보낸 메시지를 보여줬다. 사람들이 황당해한 건 물론이다.

아무리 생각해도 C가 왜 그렇게까지 나를 못 잡아먹어 안달이었는지 모르겠다. 자기 딴에는 무언가 나를 미워할 이유가 있었던 모양인데 그렇다고 주 5일 얼굴 마주하는 사람을 일부러 괴롭히는 건 좀 상식 밖의 일 아닌가. 지금도 A회사에서 또 다른 희생양을 만들고 있는 건 아닌지 모르겠다. 역시 회사 스트레스는 결국 사람인가보다.

4

개미의 삶을 바꾼
애증의 로스쿨

개미, 기어갈 방향을 정하다

내가 로스쿨에 진학할 생각을 하게 된 것은 여러 가지 사정이 운명처럼 겹쳤기 때문이다. 우선 나는 가난을 이유로 결별을 경험했다. 그래서 마치 내가 세상에 버려진 것만 같았는데 생각해보니 나는 고작 스물일곱의 젊은 나이였다. 둘째, A회사에서의 일이 지독하게 나와 안 맞았다. 그래서 그 업계 안에서 이직을 반복할 생각을 하니 끔찍했고 아예 다른 일을 할 필요성을 느꼈다. 셋째, 원래 나는 법학과에 진학하여 사법시험을 준비하고 싶었다. 그러나 내가 대학에 진학할 땐 이미 서울 소재 주요 대학에서 법학과가 사라진 상태였던 데다가 말도 못 하게 가난한 형편에 사법시험 뒷바라지 해달라는 말을 차마 부모님께 할 수 없어서 포기했을 뿐 원래 법조인이 되고 싶은 생각이 있었다. 마지막, 부모님과 사이가 너무나 안 좋았으므로 독립할 필요성을 느끼게 되었다.

돈이 없다는 것은 만일의 경우에 비빌 언덕이 없다는 것을 의미했으므로 내가 로스쿨에 진학해도 좋을지 오랫동안 고민했다. 그 고민은 의외의 인물이 끊어주었는데 대학 시절 동아리에서 만난 선배 언니였다. 언니는 이미 로스쿨을 졸업하고 변호사 시험도 합격한 상태였다. 언니에게 로스쿨에서의 경험을 들려주길 청했고 언니는 명쾌하게 대답했다. "예를 들어 철학을 공부하려면 적어도 질문하는 재능이 있어야 하잖아? 그런데 법학은 무조건 열심히만 하면 일정 수준에 도달할 수 있다고 생각해." 이 의견에 반대하는 사람도 있겠지만 적어도 나는 전적으로 설득되었다.

나는 곧 회사에 사직원을 제출하고 로스쿨 입시를 준비하기 시작했는데 그 과정은 크게 '입시 자체를 준비하는 것'과 '입시를 준비하기 위한 돈을 마련하는 것'으로 나뉘었다. 로스쿨 입학 시험인 리트LEET 시험 응시료는 약 27만 원. 토익 시험 응시료는 약 5만 원. 독서실비는 한 달에 약 10만 원. 게다가 면접 스터디를 위해선 스터디원들과 주기적으로 스터디카페를 이용해야 했으므로 그 비용 또한 마련해야 했고 입시 원서비도 학교당 평균 20만 원정도 필요했다. 물론 입시에 필요한 돈뿐만 아니라 입학 후를 생각하여 첫 학기 기숙사비도 미리 준비해야 했고 심지어 노트북도 마련해야 했다.

나는 8월 말에 리트 시험을 치르자마자 -아마 지금은 응시 기간이 7월일 것이다- 평일에는 사무직 아르바이트를, 주말에는 생과일주스 전문점 아르바이트를 했으며 원서 제출 시즌에는 단기 판촉 아르바이트를 했고 이후에는 평일에 면접 스터디를 하면서 주말 파트 타임 아르바이트를 병행했다. 면접 전형까지 모두 마친 뒤부터 로스쿨에 입학하기 직전 주까지는 다시 사무직 아르바이트를 했다. 이 피땀 어린 노동의 향연 끝에 나는 원서를 무사히 제출했고 노트북을 샀으며 첫 학기 기숙사비와 전공 서적 책값까지 모두 마련할 수 있었다.

지금이야 위 시간들을 유쾌하게 회상할 수 있지만 당시엔 말도 못 하게 힘들었다. 직장마저 그만두고 입시를 준비했는데 혹시나 떨어지기라도 할까 봐 어찌나 걱정했는지 모른다. 돈 때문에 부모님과 자주 다투기도 했다. 그래도 한 가지 위로되는 사실은, 모든 악재가 겹친 것처럼 힘들고 불안할 때 방황하지 않고 오히려 내가 나아갈 길을 정할 수 있었다는 거다. 아마도 어둠이 깊었기 때문에 실낱같은 빛에도 눈이 부시고 발길이 이끌렸던 것이리라 생각한다.

로스쿨 첫 달의 감상

로스쿨 입학 후 한 가지 사실을 깨달았다. 나 빼고 다들 선행공부를 해왔다는 것이었다. 나는 선행공부를 열심히 해야 한다는 사실도 몰랐지만 어차피 돈 버는 데 급급해 공부할 여력이 없었다. 그러나 나를 제외한 원우들은 애초에 학부 때 '법학을 가르치지만 명목상 법학과는 아닌 학과'를 전공했거나 적어도 학원 강의로 민법은 1회정도 마치고 온 상태였다. 그래서 대충 한 달쯤 지났을 때 깨달았다. 나는 망했구나!

이러한 첫 달의 감상마저도 사실은 몹시 순진한 것이었다는 사실을 또 한 번 알게 되었다. 부끄럽지만 나는 살면서 피터지게 공부해본 경험이 없었다. 적당히만 하면 언제나 결과는 내 노력보다 훨씬 좋게 나왔기 때문에 로스쿨에서도 그게 통할 줄 알았다. 입으로는 늘 겸손한 척하지만 실은 스스로가 제법 영민하다고 생각했던 거다. 그래서 나는 중간고사 시험 범위를 시험 당일까지 고작 한 번 읽고 시험장에 들어가는 만행을 저지르고 말았다. 결과는 굳이 길게 말할 것도 없다. 처참했다는 것만 적어두겠다.

그 와중에 나는 재택 아르바이트를 병행하고 있었으므로 고민이 깊었다. 전에 아르바이트했던 회사에서 외주를 받아 일하고 있었는데 인터넷 수능 강사의 재택 조교 아르바이트도 하고 있었으므로 현실적으로 공부할 시간이 부족했다. 공부가 중요하다는 것을 알고는 있었지만 달리 도리가 없었다. 내가 직장생활하며 모은 1천만 원은 부모님께 드렸기 때문에 여윳돈도 없었고. 대신 부모님께 매달 용돈 20만 원을 받았는데 이 돈으로는 책 사는 것도 빠듯했기 때문에 아르바이트를 포기할 수는 없었다. 게다가 생활비가 빠듯하여 필요한 물품도 구매를 망설이며 허비하는 시간이 길었다 보니 역설적이게도 아르바이트 시간을 줄일 수가 없었다.

결국 나는 첫 학기를 마치며 외주일을 그만두었으나 조교 아르바이트는 2학년 2학기까지 계속했다. 때문에 성적은 제자리를 맴돌았다. 정보에 느렸던 나는 2학년이 되어서야 재판연구원이라든가 검사가 되고 싶다는 생각을 하게 되었는데 이미 나의 1학년 내신 성적은 바닥이어서 가망이 없었던 데다가 남들이 3년간 하는 공부를 2년 동안 따라잡아야 하는 상황이었기 때문에 진로에 욕심낼 여유가 없었다.

그래서 욕심을 완전히 털어내고 변호사 시험 합격이라는 단 하나의 목표만 남겨둔 송개미는 한동안 몹시 비뚤어지고 말았다. 솔직히 말하자면 음침하게도 공부 잘하는 동기를 몰래 질투했다. 내가 형편만 좋았더라면 검사든 재판연구원이든 도전했을 거라고도 생각했고, 다른 동기들은 현실적인 문제를 고민할 필요가 없으니 공부에만 매진할 수 있는 거라며 그들의 노력을 속으로 깎아내렸다. 어쨌거나 목표를 정했으면 온 힘을 다해 뛰어들어야 했는데 나를 제외한 주위의 모든 것을 고깝게 보며 투덜거렸다. 그러한 부정적인 감정이 내 집중력까지 해치는 줄도 모르고.

그래서 나처럼 형편 어려운 사람이 로스쿨 진학을 염두에 두고 있다면 힘주어 말해주고 싶다. 입학하기 전에 어떻게든 선행공부를 할 것. 그리고 입학한 후에는 다른 모든 것을 포기해서라도 공부에 온 힘을 다해 매진할 것. 만약 돈이 궁해서 공부에 매진하지 못한 바람에 학업 성취가 부진했다면 겸허히 받아들이고 후회로 남을 일을 더는 만들지 않도록 노력할 것!

국가장학금과
마이너스 통장

로스쿨 합격증이 발급되면 특정 은행에서 마이너스 통장을 개설할 수 있다. 한도는 최대 2천만 원. 나는 학부 때 학자금 대출받은 것 때문에 한도 1천 8백만 원으로 마이너스 통장을 개설했는데 개설 직후 부모님의 이자를 급히 변제하느라 5백만 원을 인출하여 드렸기 때문에 실질적으로 내가 사용할 수 있는 한도는 1천 3백만 원에 불과했다.

매 학기 국가장학금을 받기는 하였으나 전액 지원을 받지는 못하였으므로 차액은 또다시 학자금 대출을 받아야만 했고 이 역시 타행 대출로 집계되어 마이너스 통장의 한도가 차감되었다. 그래서 결국 마이너스 통장은 기숙사비와 약간의 책

값으로 사용하는 것으로 그 효용을 다하고 말았다.

이 이야기를 구태여 적는 것은 국가장학금과 학자금 대출이 너무나 감사한 제도임에도 불구하고 분명히 허점이 있기 때문이다. 한국장학재단의 소득분위 산정은 당사자와 부모의 자산 및 부채를 고려하여 이루어진다. 그런데 카드론과 같은 고금리 대출은 부채에 포함되지 않기 때문에 나는 내 실제 형편에도 불구하고 소득분위가 3분위 정도로 집계되어 전액 장학금을 받지 못했다.

나의 부모님께선 제1금융권에서 받을 수 있는 대출은 모조리 받으셨음에도 불어나는 가계 부채를 감당하지 못하셨다. 이는 카드론이나 보험 담보 대출과 같은 고금리 상품에 손을 뻗게 되는 원인이 되었고 좀처럼 나아지지 않는 형편 탓에 이자가 눈덩이처럼 불어났다. 애초에 왜 고금리 상품에 손을 댔냐고 비난하는 사람도 있을 것이다. 그러나 그건 눈먼 비난이다. 이만큼 가난해보지 않으면 모른다. 대단한 일을 하려고 빚을 지는 게 아니다. 끼니를 위한 쌀을 사야 하는데 온 가족이 생활비를 쥐어짜도 도저히 남는 돈이 없으면 어쩌겠는가.

아마 우리 집의 형편이 그대로 반영되었다면 소득분위가 1분위로 산정되었을 것이다. 그러나 한국장학재단의 산정 방식은 제1금융권에서 자금을 융통하기 어려운 가정을 포용하지 못했다. 그 사실이 억울하고 안타까워서 몇 번이나 전화로 문의해보았지만 해결되지 않았다. 물론 문의를 한다고 해결될 일이 아니라는 점은 인지하고 있었다. 하지만 뭐라도 하지 않고선 견딜 수 없었다.

한 번에 로스쿨에 들어왔고 변호사 시험마저 한 번에 합격하였기 때문에 지금은 로스쿨에서의 경험 일부가 상당히 미화되어 있다. 그럼에도 불구하고 충분히 가난한 내가 가난한 학생들의 학업을 돕기 위한 제도를 제대로 이용하지 못했던 경험은 좀처럼 미화되지 않는다. 물론 내가 로스쿨 진학이라는 용기를 낼 수 있었던 것도, 무사히 졸업할 수 있었던 것도 국가장학금 제도의 공이 크므로 감사하는 마음을 지니고 있다. 하지만 기왕이면 제도가 더 현실적인 방향으로 개선되었으면 한다. 나처럼 어렵게 용기내어 학업을 시작하는 사람들이 나보다는 덜 힘들게 공부할 수 있길 바란다.

무더위 속에서 울었다

T - T

　　로스쿨 1학년 여름방학이 끝나갈 무렵의 일이다. 열람실에 앉아 있는데 눈물이 주룩 흘렀다. 울고 싶다는 생각을 하기도 전에 눈물이 비집고 나온 날이었다. 오늘따라 법학관에, 열람실에 사람이 없어서 다행이라며 계단 구석에 쪼그려 앉아한참을 울었다. 잘 되어가긴 하는 건지 알 수 없는 공부가 서러워서. 가족들이 보고 싶어서. 막막해서. 다가올 2학기가 두려워서. 살면서 이렇게까지 겁난 적이 없었다는 사실을 너무나잘 알고 있어서. 하나하나 헤아리다 보니 그저 분해서 또 울음이 났다.

　　로스쿨에서의 첫 학기를 보낸 후 완전 자존감이 바닥을

치고 있었다. 이전까지 나는 내 머리가 제법 좋은 편이라고 생각했다. 그렇게 착각할 만도 했던 것이, 학원에 다니거나 과외를 제대로 받아볼 기회가 없었고 내가 다녔던 고등학교는 별로 공부하는 분위기가 형성되어 있지 않았기 때문에 나 역시도 야자시간 내내 엎드려 자거나 친구들과 좋아하는 가수 이야기를 하곤 했는데, 그렇게 대충(?) 살았음에도 괜찮은 대학에 갈 수 있었으므로 어떤 집단에 있어도 내가 중간 이상은 가리라고 생각했던 것 같다.

하지만 로스쿨에서 만난 원우들 중 다수는 청소년기에 모든 욕망을 참고 공부에만 독하게 매진했던 사람들이었고 적어도 나만큼의 공부머리들은 다 있었다. 게다가 나는 선행 학습을 하지 못한 채 입학했고 예전 전공 공부 방식과는 확연히 다른 법학 공부 방법을 빨리 캐치하지 못한 탓에 첫 학기 성적을 엉망으로 받고 말았다. 이후 선배와의 멘토링을 통해 학습법을 배워보려 했으나 그 선배는 나에게 맞지 않는 충고 -그러니까 1학년밖에 안 됐는데도 암기장을 먼저 보라는, 지금 생각하면 말이 안 되는- 를 했다. 나는 그 충고가 들어맞을지 의심하면서도 딱 한 번만 따라해보자며 실천했는데 그 결과 여름방학이 다 끝날 무렵까지 머릿속에 기초도 제대로 안 잡혀 있었다.

그래도, 아무것도 모르는 것 같은 느낌은 기분탓일 뿐 의외로 머릿속에 정리가 되어 있을 거라고 생각하며 나를 속였다. 하지만 개강을 코앞에 두자 진심으로 불안해지기 시작했다. 단순히 한 학기 성적을 망치는 것을 염려하는 게 아니었다. 모두가 설명을 들으며 끄덕이는데 그 속에서 나만 이해를 못해서 두리번거리는 경험을 또 하고 싶지는 않았다. 스터디 중에 모르는 것을 물어보면서도 정확히 뭘 모르는지조차 설명하지 못해서 입술을 깨물고 싶지는 않았다. 거기 모인 사람들 중 내가 제일 바닥이고 바보라는 것을 받아들이는 것은 그때까지 내가 생각했던 나의 정체성을 전면 부정하는 것이기 때문에 무서웠다.

그리고 그 공포심이 절정에 달한 어느 날 참지 못하고 복도 구석에 쪼그려 앉아 울고 말았다. 한 삼십 분 정도 숨죽이고 울고 있으니 더위 때문인지 일순간 현기증이 일었다. 정신이 들 때까지 벽에 머리를 기대고 계속 앉아 있었다. 차츰 등이 식었다. 말로 설명하기 어렵지만 그때는, 왠지 그날은 그런 하루로 예정된 것 같은 느낌이었다.

그다음 날 나는 열람실에 가지 않고 쉬었다. 입학 이후로 열람실 9시 출석을 빼먹은 적이 없었지만 처음으로 그렇게 쉼표 하나 찍었다. 쉬고 난 다음 날에는 다시 앉아서 공부할 수 있기를 바라면서 말이다. 이후로도 3년 동안 나는 참 많이도 힘들었는데 그때마다 실컷 울고 나서 쉬어주면 그다음 날은 조금이나마 기분이 괜찮아지곤 했다.

지금도 불 꺼진 한여름의 법학관 복도를 떠올린다. 생각해보면 어려움이란 건 늘 그랬다. 겪을 땐 뼈가 바스라질 것 같은데 지나면 또 괜찮다. 그렇기 때문에 어차피 괜찮아질 일이려니 하며 아무리 힘들어도 조금은 요령 좋게 그 시기를 거치도록 노력해야 한다. 그래서 나는 단 하나의 감각만을 기억에 남기기로 했다. 잠시 우는 것만으로도 온몸이 흠뻑 젖어버리는 무더위 속에서 나는 가장 뜨거운 계절을 보내며 나 자신에게만 집중하고 있었다. 그때 내 고통은 온전히 나를 위한 것이었다. 내가 삼십 대를 더 괜찮게 살기 위해 견뎌야 하는 경험치 같은 것. 그렇게 생각하면 제법 나쁘지 않은 시간들이었다.

나를 버티게 한 건
8할이 사람

로스쿨 1학년 겨울방학이 시작되고 2주 정도 지났을 때였던가. 대학 시절 함께 동아리 활동을 했던 언니들과 동기가 나를 만나러 오겠다고 했다. 반가운 마음이 얼른 들면서도 걱정이 됐다. 부끄럽지만 나는 1학년 때 하위 30% 정도의 형편없는 성적을 받은 터였다. 지도 교수님께선 심각한 얼굴로 휴학을 권하셨다. 그래서 선행 학습도 못 하고 입학한 주제에 재택 아르바이트를 두 개나 하다가 한 해를 몽땅 날려버린 내가 이들과 즐거운 시간을 보낼 자격이 있을까, 하는 고민을 한 것이다.

물론 막상 모이자 이런 고민이 의미 없을 정도로 즐겁고 재밌었다. 살롱처럼 꾸민 카페에서 마카롱을 먹었고 저녁엔 맛집으로 유명한 곳에서 족발을 먹었다. 돌아다니며 거리 구경도 하다가 각자 생활에서 겪고 있는 유의미하거나 힘든 일들을 털어놓았다. 딱 한 가지 문제가 있었다면 그것은 지갑 사정이었다. 일단 결제는 한 사람이 계속했고 내 몫의 금액을 바로 정산해주어야 했는데 하필 월말이라 돈이 궁했다. 그래서 나는 비겁하지만, 정산하자는 이야기를 며칠간 하지 않다가 용돈이 들어온 뒤에야 동기 친구에게 연락했다. 그때 돌아온 대답은 이런 내 비겁함이 부끄러울 정도로 다정하고 상냥했다.

"개미야, 그건 넷이서 나눠서 정산 완료했어. 그날 네 덕분에 재밌게 잘 쉬고 놀았어. 신경 쓰지 말고 좋은 하루 보내."

내 사정을 아는 이들의 배려는 이후로도 수험기간 내내 이어졌다. 공부할 때 입기 좋은 편한 옷과 커피를 보내주는 친구도 있었고 수험 스트레스를 못 이겨 SNS에 신세타령을 한 날에 치킨과 죽, 커피 등의 기프티콘을 잔뜩 보내주며 응원해주는 언니도 있었다. 여행지에서 사온 선물을 건네고 뜬금없이 내가 좋아하는 치킨 기프티콘을 보내오는 친구도 있었으며 손목을 다쳤으면서도 내 취향의 과자를 구워 온 친구도 있었다. 절실했던 어깨 안마기와 수험서를 선물해주는 친구가 있는가 하면 좋은 곳에서 맛있는 식사할 수 있게 이용권을 선물해

주거나 달콤한 과일을 보내주는 언니도 있었다. 나는 3년 동안 제대로 챙겨주지도 못했는데도 내 생일마다 선물을 보내준 친구들과 언니, 동생들, 여기에 변호사 시험을 반년 앞두고 돈이 다 떨어져 마음고생 하던 나에게 생활비를 선뜻 빌려주는 언니들까지.

로스쿨 안에서의 생활이 외부와 얼마나 동떨어져 있는지는 직접 겪어본 사람이 아니면 이해하기 어렵다. 그래서 3년 동안 멀어진 친구들도 있다. 당장 눈앞에 안 보이고 연락도 어려우니 관계가 멀어진 것을 나는 충분히 이해한다. 그런데 또 한편에는 받은 만큼의 사랑을 돌려주지 못하고 있음에도 끝없이 응원해주고 지지해주는 사람들, 내가 필요로 할 만한 것을 먼저 챙겨주고 이따금 내가 잘 지내는지 들여다봐주는 사람들이 있었다. 나는 그 묵묵한 애정과 선의 덕분에 한 번씩 목울대가 뜨뜻해지곤 했다.

이뿐만이 아니었다. 참으로 감사하고 다행스럽게도 로스쿨 안에서도 마음 맞는 친구들을 만날 수 있었고 힘든 위기마다 이들의 도움을 받았다. 동기 때문에 고생하던 나를 적극적으로 도와준 동생, 좋고 맛난 게 있으면 늘 나와 나누고 내게 생기는 대소사를 정성껏 도와준 언니, 학년이 다른데도 시험을 앞둔 내 끼니와 간식을 챙겨준 언니, 가장 힘들었던 3학년 시절에 내 공부부터 정신력 무장까지 도와주고 심지어 시험 예상 문제까지 짚어준 친구가 있었다. 그래서 아주 조용히 소심하게 로스쿨 생활을 했음에도 각오한 것보다 외로움으로부터 안전할 수 있었다.

그리고 여기에 나의 가족들도 있었다. 시험이 두 달 남짓 남았을 때 오빠가 밥 차려 먹는 데 시간 허비하지 말라며 레토르트 국과 밥을 잔뜩 주문해준 덕분에 매일 다양한 국과 찌개를 골라 먹으며 시험 전날까지 배곯지 않을 수 있었다. 부모님께선 당신들 드실 식사도 누룽지로 해결하시면서도 내게는 유산균이며 홍삼을 아낌없이 사주셨다. 과일을 좋아하는 내가 돈과 시간이 없어 과일 한 쪽 못 먹고 힘든 계절을 보낼까 걱정하시며 사과를 잔뜩 깎아 진공 포장하여 주시기도 했다.

이 글을 적으면서도 다시 한 번 실감한다. 나 하나에게 정말 많은 사랑과 애정이 쏟아졌구나. 나는 A회사에서 인간관계로 워낙 고생했기에 로스쿨에 갈 때 사람 관계에서 스트레스를 받을 것 같다면 차라리 외롭게 지내겠다고 각오했었다. 이 김에 인간관계를 일부 정리하겠다는 비장한 다짐도 있었고 가족들에게 내가 얼마나 사랑받고 있는지 혼자 가늠해보는 버릇도 고치려 했다. 그런데 이러한 각오와 다짐이 무색하게도 나는 로스쿨 안팎에서 보내주는 마음에 적극적으로 의지했다.

그러니 인정하지 않을 수 없다. 내가 직장생활을 접고 새롭게 도전한 길에서 무너질 수 있는 순간은 곳곳에 산재해 있었다. 그러나 그걸 버티게 해준 것은 팔 할이 사람이다. 내 자격증이 주식이었다면 내게 애정을 보내준 사람들에게 감사함이라는 배당금이 주어졌을 텐데. 앞으로 보답할 기회와 시간이 있다는 것에 감사하며 온 마음을 담아 보은해 나가겠다.

내가 살아가는 방법

영화 <라라랜드>를 좋아했다. 영상미, 노래, 배우들의 연기. 좋아할 요소는 많았는데 그중에서도 결말이 좋았다. 미아와 세바스찬이 운명적인 것 같은 연애를 했음에도 서로의 곁에 끝까지 남지는 않았다는 것. 전부일 것만 같은 상대를 뒤로 하고도 그럭저럭 잘 흘러간 혹은 현실적으로는 성공한 삶을 살았다는 게 맘에 들었다.

201X년 12월 24일. 나는 유튜브로 <라라랜드> 메들리를 들으며 법학관 계단 앞에 서 있었다. 법학관은 높은 언덕 위에 있었으므로 학교의 정경이 훤히 내려다보였다. 겨울이라 풍경이 전체적으로 앙상했다. 하나는 예뻤다. 귀퉁이부터 붉게 젖

었다가 다시 새까만 어둠으로 뒤덮이는 하늘. 물경 다섯 시간을 그렇게 망부석처럼 서서 하늘만 보고 있었다. 로스쿨 입학 후 맞이한 첫해를 고이 보내는 길이었다.

나는 내가 조금쯤은 울 줄 알았다. 쉽지 않은 1년이었다. 내가 이렇게 멍청한 팔푼이였나 하는 자책도 많이 했고 가지고 싶어도 가질 수 없는 것이 있다는 것을 실감하며 고통으로 보낸 날이 많았으며 그 외의 날들은 좀처럼 풀리지 않는 현실적 어려움에 잡아먹히는 것 같은 두려움에 떨며 보냈다.

그러나 막상 1년을 보낸 장소 앞에 서니 의외로 나를 제법 칭찬하고 싶어졌다. 워낙 스스로를 못살게 구는 편이라 나를 칭찬하는 일이 별로 없는데도 말이다. 아무렇게나 불친절하게 닥쳐오는 삶 속에서도 필사적으로 발버둥 친 덕분에 그래도 여기까지 왔다는 생각이 들었다. 당장은 비극인 것 같지만 앞으로는 나의 삶이 그럭저럭 잘 흘러갈 것이라는 약간의 기대감마저 찾아왔다.

어렴풋이 확신도 생겼다. 나는 어디에 있건 무엇을 하건 앞으로도 이렇게 살아갈 것이라는 것. 옹색하고 구차하고 고통스러운 매일이 반복되더라도 그래도 멀리서 보면 나는 점점 나아지고 있을 것이다. 운명의 큰 줄기 뒤에서 보통의 하루하루를 참아내다 보면 언젠간 내가 바라는 현실이 꿈결처럼 찾아오리라 믿는다. 나는 그 믿음 하나로 땅에 배를 대고 꾸준히 기어간다.

3학년, 살면서 가장 치열한 시기였노라

　　사람들은 일반적으로 고시 준비에는 엄청난 학습량이 뒤따를 것이라고 예상한다. 그런데 신기하게도 이런 예상에서 로스쿨만 예외인 것 같다. 로스쿨에서의 학업량이 다소 평가절하되는 것 같다는 의미다. 나도 그렇고 내 동기들도 하나같이 하는 이야기가, 다들 로스쿨에서 그렇게까지 치열하게 공부하는 줄 모른다는 것이다. 이건 그래서 적어보는 글이다. 고3보다 힘들다는 로3 생활을 이야기해보려고.

　　일단 변호사 시험(변시)에 대해 먼저 설명해야 할 것 같다. 변시는 7법과 선택법 과목 시험으로 이루어져 있다. 헌법, 민법, 형법, 행정법, 상법, 민사소송법, 형사소송법, 이렇게 합쳐서 7법이다. 참고로 헌법과 행정법을 묶어서 공법, 민법과 상법, 민사소송법을 묶어서 민사법, 형법과 형사소송법을 묶어서 형사법이라 한다. 여기에 국제법, 국제거래법, 경제법, 노동법 등 다양한 선택법 중 한 가지를 선택하여 시험에 응시하면 된다.

시험 유형은 이러하다. 크게 선택형, 사례형, 기록형으로 나뉜다. 선택형은 그야말로 객관식 시험이라 설명이 필요 없다. 사례형은 일정한 사실관계를 주고 수험생들이 논점을 찾아내어 논리정연한 목차를 잡고 그에 맞게 판례 등의 법리와 해당 사안의 결론을 적어내도록 한다. 예를 들면 '甲이 2020. 5. 1. 乙에게 1억 원을 변제기 2021. 4. 30.로 대여했다고 주장하면서 2021. 6. 1. 乙을 상대로 대여금 1억 원의 지급을 구하는 소를 제기했다가 (…) 이때 항소심 법원은 어떤 판결을 내려야 하는가?'라는 식으로 문제가 출제된다. 이와 달리 기록형은 실제 소송기록처럼 꾸민 문제를 주고 법률문서를 작성하게끔 한다. 당연히 문제지의 분량이 많고 반드시 들어가야 할 형식적 기재사항들을 잊어선 안 된다.

이 시험이 힘든 이유는 우선 같은 과목으로 다양한 유형의 시험을 치러야 한다는 점이다. 시험의 유형에 따라 득점 포인트가 다르기에 공부량이 많아질 수밖에 없다. 선택형의 경우에는 문제를 보았을 때 곧바로 기다, 아니다를 판별할 수 있는 게 중요한데다 한없이 넓은 범위 안에서 어떤 문제가 출제될지 알 수 없어서 힘들다. 사례형과 기록형의 경우에는 판례의 법리를 제대로 외워 써야 하는데 논점을 찾아내는 것부터가 쉽지 않다.

여기에 시간 압박이 가세한다. 시간제한이 있는 모든 시험이 그렇겠지만 시간은 부족한데 적어야 할 양은 많으니 팔이 저려도 시험이 시작하는 순간부터 미친 듯이 읽고 답을 써 내려가야 한다. 팔이 눈물 나게 아프더라도 어쨌거나 써야 할 답을 썼다면 그건 승자다. 그런데 실제로는 시험장에서 시간이 부족해 분량을 미처 다 채우지 못하는 경우가 왕왕 발생하므로 문제를 눈으로 읽으면서 동시에 목차와 답으로 적을 내용이 떠오르지 않으면 사실상 높은 득점이 힘들다.

시험이 이러하니 내 로3 생활은 온통 시험을 위한 훈련으로 이루어졌다. 벌써 수험생활 기억 태반이 지워졌지만 3학년 1학기 생활을 얼추 복기하자면 이런 식이다. 오전에는 주로 객관식을 풀었다. 객관식을 한 번 풀고 말 것은 아니었으므로 연습장에다 내가 푼 답을 표시하며 풀거나 자주 보아 절대로 안 틀릴 것 같은 문제는 지워가며 풀었다. 형식적으로는 선택형 문제이지만 발문이 아주 길어 실질적으로는 사례형 같은 지문이 있을 땐 문제 옆에 사례형 목차를 잡아 적어보기도 했다.

점심을 후다닥 먹고 들어오면 씻고 짧은 휴식 시간을 가졌다. 이후 오후와 저녁 시간에는 사례형, 기록형 문제를 풀었는데 요일마다 풀어야 할 과목을 달리 정했다. 나는 철저히 변시에서의 배점에 따라 공부량을 달리했으므로 민법 공부 시간이 가장 길었다. 휴일은 따로 두지 않았다. 아침 8시 30분까지 법학관에 등교하는 출석 스터디를 하며 절대적인 공부 시간을 확보했다. 난 문제 풀이 스터디를 따로 구하지 않았지만 스터디를 적극적으로 활용하며 시너지를 내는 동기들도 많았다. 물론 이 모든 스케줄은 학교 수업과 병행하는 것이므로 시간을 허투루 쓸 수 없었다.

3학년 2학기에는 공부 양상이 달라졌다. 로스쿨 3학년엔 변시와 같은 일정으로 모의고사를 6월, 8월, 10월에 각 1회씩 총 3회 치른다. 2학기는 9월에 시작하는 만큼 이미 두 번의 모의고사를 치르며 취약한 과목이나 시험 유형을 확인한 상태였다. 그래서 부족한 부분을 채우는 게 선행되었다. 내가 가장 부족한 과목은 상법, 민사소송법이었고 가장 취약한 시험 유형은 객관식이었다. 그래서 암기장을 반복해서 외우고 1학기에 문제를 풀면서 지워내지 못한 문제들을 다시 확인했다. 상법의 경우는 아예 조문집을 따로 보기도 했다. 법조문의 구조가 복잡했기 때문에 괜찮은 선택이었던 것 같다.

이렇게 공부하다가 일반적으로 추석이나 10월이 지나면서는 최신 판례(최판)를 공부한다. 최근 3년 혹은 5년 내 판례를 따로 공부한다는 의미다. 나는 채워야 할 다른 부분이 많았으므로 최판 공부를 11월 이후로 미뤘는데 이때 마음이 많이 조급했다. 결과적으로는 시험 전까지 대여섯 번은 보고 들어갈 수 있었지만 지금 돌이켜 보면 좀 더 일찍 최판을 공부했으면 좋았을 것 같다.

시험이 목전으로 다가오면 전 범위를 훑어볼 수 있는 일정을 짠다. 나는 시험 전 4주를 쪼갰다. 민사법 공부에 8일, 형사법 공부에 6일, 공법 공부에 5일, 다시 민사법 공부에 4일, 형사법 공부에 3일, 공법 공부에 2일을 투자했다. 이때쯤 불면증이 찾아왔다. 수능 전날에도 숙면의 감각을 누리던 내가 밤에 잠을 못 이루는 날이 올 줄은 몰랐다. 잠을 제대로 자지 못하니 다음 날 몸 상태가 나빠졌고 집중력도 떨어졌다. 어떤 이들은 시험 전에 수액 맞으러 간다고 하길래 나는 수액을 마시겠다는 발상으로 이온 음료에 비타민C 가루를 듬뿍 타 마셨다. 잠이 오지 않아 미칠 것 같은 기분이 들 땐 유튜브에서 수면 뇌파를 검색해서 틀어놓고 잤다. 과학적으로 의미 있는 일인지는 모르나 적어도 플라세보 효과는 본 것 같았다.

이렇게 공부하면 보통 하루의 순 공부 시간 -학교 수업을 듣거나, 책상에 앉아는 있으나 집중을 못 하는 시간을 모두 제외한 시간을 의미한다- 은 9~10시간 정도 나왔다. 물론 나는 엄청 열심히 하는 사람은 못 되므로 나보다 오래 공부하거나 짧은 시간을 공부하더라도 훨씬 밀도 높게 집중하여 공부하는 동기들이 많았다. 점심 먹고 자리에 앉으면 저녁 먹기 전까지 단 한 번도 자리를 떠나지 않는 친구도 있었다. 공부가 유독 힘든 날이면 고개를 돌려 나보다 열심히 하는 동기들을 눈으로 찾았다.

그러다 가끔 심리적인 고난이 닥치면 공부량이 현저히 줄었다. 건강하지 못한 정신에 집중력을 기대할 수는 없었다. 나는 3학년 1학기에 들어서던 즈음에 가장 스트레스가 심했다. 어느 정도였냐면 하루 순 공부 시간이 5시간도 채 안 나오기도 했고 종일 가슴이 답답하고 숨이 막혀왔으며 머릿속에 온갖 끔찍한 영상이 펼쳐졌다. 살충제를 목구멍에 뿌리고 청소용 락스를 꿀떡꿀떡 마시는 내 모습이 머릿속에 하도 자주 그려져서 나도 모르게 락스통을 움켜쥔 적도 있었다. 병원에 가야 좋을지 고민했으나 병원비도 부담스러웠고 우울증 약에는 졸음을 유발하는 성분이 있다는 이야기를 어디선가 들었기 때문에 엄두가 나지 않았다.

그런데 재밌는 건, 내 우울증의 원인이 수험 스트레스였는데 아이러니하게도 내가 우울한 기분을 뒤로 밀어내고 다시 공부에 집중할 수 있게 된 원인 역시 수험 스트레스였다는 거다. 나는 달콤한 간식, 좋아하는 음악, 친구의 격려 등의 부가적인 도움을 받아가며 지금은 막연하기만 한 불합격의 두려움이 언젠간 현실이 될지도 모른다고 스스로 되뇌며 마음을 다잡았다. 내 형편에 재시험을 준비하게 되면 그땐 돌이킬 수 없이 괴로워질 거라고 나를 협박하며 억지로 책상 앞에 가서 앉았다. 정신이 산만해져도 펜을 잡고 판례 문구를 따라 쓰며 내 공포심을 적극적으로 이용했다. 그 결과 약 한 달 뒤에는 거의 이전의 생활과 유사하게 돌아갈 수 있었다. 정신에 상흔은 남았지만 그나마 다행스러웠다.

3학년 생활을 돌아보면 지금도 식은땀이 흐른다. 합격 발표 후에도 다시 공부하는 악몽을 꾸기도 했다. 로스쿨은 입시를 통해 한정 인원을 선발하기에 변시를 치르는 사람 중에 허수라 할 사람이 거의 없으므로 까딱하면 떨어질 수 있겠다는 공포감이 나를 괴롭혔고 그래서 더욱 힘들었다. 그래도 열심히 공부해서 변호사 시험에 합격하면 앞으로 어떤 일이건 잘할 수 있다는 식의 낭만적인 자신감이 솟을 줄 알았건만, 로스쿨 3학년 생활이 지독히 끔찍했기에 아직은 수험생활의 기억이 미화되지 못했다. 낭만은커녕 낭만 부스러기도 없다고요. 살면서 다시는 로스쿨 3학년 때처럼 공부할 수 없을 것 같다.

인간은 무엇으로 사는가

생활비에 관한 이야기를 좀 해보려고 한다. 직장을 그만두고 입시 준비에 돌입했을 때부터 먹는 것이 가장 큰 고민이었다. 독서실비는 어떻게든 마련했지만 독서실 다니면서 제대로 밥 사먹을 돈까지는 마련하기 힘들었다. 그렇다고 도시락을 쌀 수도 없었던 것이, 딱히 냉장고에 반찬이 없었다. 매끼 엄마나 내가 시간에 쫓겨가며 간신히 무언가를 만들어 대충 해결하는 식으로 살았기 때문에 냉장고 문을 열면 항상 밑반찬이 서너 가지 있는 다른 집들과는 다를 수밖에 없었다. 밥 먹자고 수시로 집에 오가는 건 시간 아까웠고.

그래서 고안해낸 것이 냉동만두였다. 큰 슈퍼에 가면 8천

원으로 내 주먹 크기의 만두가 가득 든 냉동만두를 한 봉지 구입할 수 있었다. 이걸 쪄서 매끼 두세 개쯤 먹을 수 있도록 독서실에 가져갔는데 지금 생각해도 식비 절감하는 방법으로는 꽤 괜찮았던 것 같다. 공부가 끝날 즈음엔 만두 냄새만 맡아도 비위가 상했하는 부작용이 생기긴 했지만 말이다.

사정이 이러하다 보니 가끔은 특식이 당겼다. 나는 피자를 좋아한다. 치킨을 치느님이라 부르는 나라에서 나는 치킨보단 피자를 조금 더 좋아한다. 어느 날은 정말 냉동만두가 너무 물려서 편의점에서 파는 조각 피자를 구매했다. 적당히 피자 맛만 난다면 만족할 수 있을 것 같았다. 그러나 조각 피자는 그런 내 소박한 기대마저도 배신했다. 치즈는 실종신고를 내도 좋을 정도로 적었고 밀가루 냄새가 심해서 속을 뒤집었다.

그때 난 그런 피자라도 꾸역꾸역 먹었고 포장지를 치우며 울적함을 느꼈다. 스스로 무엇을 원하는지 잘 알고 있으면서도 이렇게 가난 때문에 무엇이든 적당히 타협할 수밖에 없었다. 그러면서도 한편으로는 편의점 피자에서 최소한의 피자 맛을 기대했던 것처럼 나쁘지 않은 결과를 내심 기대하는데, 안타깝게도 거의 항상 각오한 것보다 구린 결과가 나타났다. 그래도 결정한 것을 되돌릴 용기도 여유도 없는 나는 두통이 일 정도로 밀가루 냄새가 나는 피자를 끝까지 먹어치우고 만다. 가난은 그런 식으로 내게 꼭 달라붙어 있었다.

　　로스쿨에선 당연히 더 많이 돈 걱정을 해야 했다. 일단 사야 할 책이 너무 많았다. 과목별 기본서와 객관식 문제집, 사례집까지. 거기에 교수님 개인 저서를 강매당할 때도 있었다. 아는 사람은 다 알지만 원래 법서는 두껍고 비싸다. 그런 법서를 7개 과목(헌법, 민법, 형법, 민사소송법, 형사소송법, 상법, 행정법)당 3권씩은 구매하려니 허리가 휘었다. 어쩔 수 없이 나는 시험이 끝난 선배들이 휴게실에 버리고 가는 책을 주워서 봤다. 고맙게도 위 기수 친구들이 졸업하며 책을 한 무더기씩 안겨주기도 했다.

　　끼니 역시 여전히 걱정거리였다. 기숙사에 살 땐 그래도 강제로 기숙사 식당을 이용해야 했으므로 밥걱정은 없었다. 그러나 2년 동안 기숙사 생활을 하며 지독히 맞지 않는 룸메이트들을 만난 탓에 입에 혓바늘이 돋을 만큼 늘 피로에 절어 있었다. 그래서 3학년이 될 때 기숙사를 나왔고 그때부터는 음식 걱정을 해야만 했다.

　　다행히 원룸은 발품 팔아 아주 싼 곳을 구할 수 있었다. 화장실은 성인 한 명이 모로 누울 공간도 안 나왔고 층고도 무지 낮아 갑갑한 집이었다. 바퀴벌레도 사는 동안 네 번이나 나왔다. 방에서 생선을 구우면 3일은 냄새가 났다. 그래도 괜찮았다. 월세가 인근 다른 원룸의 절반 수준이었으니까. 나는 그 김에 생활비도 좀 더 파격적으로 줄이기로 했다. 고민 끝에 선택한 식단은 귀리밥과 닭가슴살이었다. 닭가슴살은 인터넷을 뒤져 한 덩어리에 1,000원이 안 되는 것을 주문했다. 귀리밥은 한 달쯤 먹었을 때 비로소 깨달았다. 내가 귀리나 현미를 오래 먹으면 안 되는 체질이라는 것을. 위장이 너무 아파 울면서 귀가했던 경험을 한 뒤 귀리 말고 찹쌀밥을 먹었고 대신 양을 평소의 1/3 수준으로 줄였다. 생활비를 아끼기 위해 어쩔 수 없었다.

변호사 시험을 치를 때쯤엔 정말 누가 나를 쥐어짜도 동전 한 닢 안 나오겠다 싶을 정도로 궁핍했다. 그러나 나는 3년 동안 로스쿨 동기들에게 내 형편을 들키지 않기 위해 늘 태연한 척 살았다. 유명 강사의 비싼 인터넷 강의쯤은 아무렇지 않게 듣는 동기들 앞에서, 돈이 없어서 공부를 잘 못 하고 있다는 사실을 알리는 게 자존심이 상했다. 그리고 변호사 찾을 형편이 못 된다는 것이 알려져서 내가 질 나쁜 범죄의 대상이 될까 겁났다.

공부만 몰입해도 부족했을 시간이었지만 나는 이렇게 3년의 태반을 생활비 아낄 고민, 경제적 형편을 들킬 염려로 허위허위 보냈다. 전전긍긍. 언제나 무언가를 겁내며 살았던 그때의 나를 생각하면 아직도 애잔한 기분이 든다. 그래도 나름 대로 잘 버텨주었다. 고맙다, 나 자신아.

5

12년 차 개미,
변호사가 되다

합격 발표일의 기억

변호사 시험 합격 발표일의 기억이 생생하다. 발표 전날부터 아예 일이 손에 안 잡혔다. 그럴 것을 예상했는지 사무실에서는 내게 새로운 일을 배당하지 않았다. 사실 발표 한 달 전부터 기분이 오락가락했던 터였다. 3학년 때 치른 모의고사의 등수와 점수를 복기해보며 나를 안심시켰다가도 시험 당일에 저지른 큰 실수가 생각나 머리를 쥐어뜯었다.

사정이 이러하니 발표일 당일에 연차를 쓸지 무척 고민됐다. 사무실 동기는 연차를 사용할 것이라 했고 친분 있는 로스쿨 동기들도 대부분 발표일엔 출근하지 않겠다고 했다. 나도 쉬고 싶었다. 합격하든 불합격하든 당일에 사무실에 나와 있으면 입으로 심장을 토해내는 기분이 들 것만 같았다. 그러나 아빠는 그런 날일수록 점잖고 태연한 모습을 보여야 한다며 출근을 권유하셨다. 보통 아빠의 권유와 반대로 행동했다가 결과가 안 좋으면 아빠는 두고두고 그 일을 끄집어내며 나무라시므로 순순히 권유에 따르기로 했다.

마침내 발표일. 점심을 코로 먹다시피 하고 오후부터는 계속 법무부 홈페이지를 화면에 큼지막하게 띄웠다. 웹툰을 읽으며 시간관념을 잊으려는 시도도 해보았으나 아무것도 눈에 들어오지 않았다. 그래도 오후 세 시쯤엔 발표해주지 않을까 기대했는데 어림없는 일이지. 애가 타다 못 해 쓰러질 것 같은 상태로 퇴근 시간이 임박했을 때였다. 퇴근 전에 화장실을 이용하려고 줄 섰는데 우연히 휴대전화로 확인해보니 막 합격자 발표가 난 참이었다. 수험번호를 기억하고는 있었지만 혹 잘못 기억하고 있을까 두려워 이름순으로 확인했다. 천천히 스크롤을 내리고… 한글 자모자 순서를 헤아리면서….

맙소사.

있었다. 내 이름이. 심지어 동명이인도 없었다. 손이 덜덜 떨리고 다리가 후들거렸다. 나는 화장실을 가려고 했던 것도 잊은 채 건물 밖으로 뛰쳐나갔다. 엄마에게 전화를 걸었다. 엄마는 내가 그토록 긴장했던 게 우습게 느껴질 정도로 잠에 취한 목소리로 전화를 받으셨다. 엄마, 나 됐어! 밑도 끝도 없이 소리를 빽액 질렀다. 가슴 속에서 함성이 튀어나오려고 해서 참기가 힘들었다. 잠결에 전화를 받으신 게 분명했던 엄마는 뭐라고? 하고 되물으셨고 나는 "엄마, 나 합격했어, 합격했다고!"라고 말하며 엉엉 울음을 터뜨렸다.

아유, 그만 울어라. 주변에 변호사들 지나다니는 데서 창피하게 뭐하니?

그것이 엄마의 첫 마디였다. 나는 그게 야속해서 엄마 들으시란 듯 더 울어 젖혔다. 숨통이 트이는 것 같았다. 이제 어디서든 내 직업을 한 마디로 설명할 수 있어서 좋았고 계속해서 월급을 받을 수 있어서 안심됐다. 나에게 많은 것을 베푼 이들에게 보답할 수 있어서 기뻤다. 그 외에도 말로 표현할 수 없는 이유가 잔뜩 있었으나 일단 그저 좋았다.

아마 그날 많은 동기들이 가족 혹은 애인이나 소중한 사람들과 맛있는 것을 먹으며 좋은 시간을 보냈을 거다. 나는 엄마와 함께 밤 열 시에 퇴근하시는 아빠를 버스정류장에서 기다렸다. 우리는 함박웃음을 지으며 근처 빵집에서 딸기가 올라간 생크림 케이크를 샀고 집으로 돌아가 그 케이크를 모조리 먹어치웠다. 핸드폰에는 먼저 변호사가 된 로스쿨 선배들이 보낸 축하 메시지가 가득했다. 내가 엄살 부릴 때마다 걱정하지 말라고 분명히 합격할 거라고 수없이 말해줬던 이들이다.

언제나 적당히 노력하고 적당히 현실과 타협했던 내가 인생에서 처음으로 독하게 이룬 성과였다. 합격이 아니면 불합격뿐인 두 갈래 길에서 내가 원하는 방향으로 갈 수 있었음에 감사했다. 자격증 하나만으로 바꿀 수 있는 건 생각보다 적을 수도 있지만. 그래도 삶의 국면이 이전까지와 달라질 것을 예감할 수 있었다. 머릿속에서 종이 울렸다.

송변, 취직!

변호사 시험은 5일에 걸쳐 치러진다. 이틀 시험 보고 휴식일을 하루 보낸 뒤 다시 이틀 시험 보는 식이다. 거의 고행의 순례길처럼 느껴지는 일정인데 이런 일정을 모의고사까지 합하여 총 4번을 거쳤다. 시험 마지막 날에는 꺼지려는 정신을 단단히 붙잡아두는 데 성공했다는 것에 의의를 두었다.

그렇게 시험을 보고 나니 할 일이 없었다. 수험생일 때는 시험만 끝나면 무얼 하며 놀 것인지 계획도 세웠는데 막상 시험을 치고 나니 손가락 하나 까딱할 힘이 없었다. 게다가 내 자취방 계약 기간이 시험 끝나고 사흘밖에 안 남았던가. 정확히는 기억이 안 나지만 죽은 듯 잠만 자다가 이삿짐을 꾸리고 다시 기절했다가 상자를 포장하는 일만 반복했다.

부모님이 계신 집에 들어간 다음부터는 그래도 부모님께서 차려주시는 밥 먹으며 편히 쉬니 몸이 쥐똥만큼은 회복됐다. 하지만 여전히 실컷 놀 힘은 없었고 어차피 코로나 시국이라 놀기도 여의치 않았으며 무엇보다 잘 놀기 위해선 돈이 필요한데 나는 이미 거기서 실격이었다. 한 주 정도 쉬고는 결심했다. 그냥 취직을 하자!

취직하는 데 무려 결심까지 해야 하는 건 모두 변호사 시험 성적 산출 기간이 지나치게 길기 때문이다. 시험은 1월 초에 치르는데 합격 여부는 4월 말에야 알 수 있다. 확실히 합격권인 사람이야 그간의 고생을 보답받을 겸 즐겁게 살면 되는데 조금이라도 합격이 불안한 사람은 그 시기에 다시 수험공부를 해야 할 수도 있다. 만일 펑펑 놀았는데 불합격하면 수험 지식 태반이 지워진 채로 5월에서야 재시험을 준비해야 하는데 그럼 그다음 해에 응시하는 시험 역시 결과가 불안해질 확률이 높기 때문이다. 나는 완전한 합격권이라고 장담하기 어려울 것 같았기에 취업을 해도 좋을지 망설였는데 어차피 책도 손에 안 잡히길래 차라리 돈이나 벌자는 마음으로 그냥 취직 준비에 돌입했다.

이때 나는 약 일주일 정도를 자기소개서 작성하는 데 할

애했다. 엄청나게 빼어난 인간은 아니므로 내가 가진 어정쩡한 장점들을 최대한 그럴듯한 서사에 녹여야 인사 담당자를 무사히 설득할 수 있고 그래야만 취직이 가능하겠다는 아주 객관적이고도 얄팍한 판단이었다. 내 자기소개서가 잘 쓰인 것인지 스스로는 판단하기 어렵지만 그래도 어쨌든 내가 현재 무사히 일하는 것을 보면 영 그르게 쓰지는 않았을 거다.

참고로 로펌의 변호사 구인 공고는 대한변호사협회 취업 정보게시판에서 확인할 수 있다. 지역별 공고를 설정해서 볼 수도 있다. 그런데 일반 기업의 취직과는 다르게 마땅히 사내 분위기나 처우를 알 방도가 없으므로 이때부터는 정보 싸움이 시작된다. 지원하고자 하는 로펌에 아는 사람이 있거나 적어도 건너 아는 사람이 있으면 일이 좀 쉽다. 그러나 그렇지 않으면 회사 홈페이지에서 해당 로펌에 저연차 변호사가 몇 명이나 있는지 해당 로펌이 주력하는 업무 분야는 무엇인지 등을 확인한다. 로스쿨생들의 커뮤니티도 적극 활용한다.

나는 약 40개의 지원서를 제출했고 12곳에서 면접 제의가 들어왔다. 실제로 면접을 본 것은 10곳이며 다시 그중 2곳에서 최종합격 소식을 받았다. 감사하게도 나에게 최종합격 연락을 준 곳에 지인이 일하고 있었고 지인에게 내부 사정을 자세히 물어볼 수 있었다. A회사에서 고생한 게 많은 만큼 내부의 분위기에 대해 관심 있게 물었는데 '나쁘게 말하면 개인주의적이고 좋게 말하면 간섭과 스트레스가 없다'라는 평이 돌아와 만세를 외쳤다.

재밌었던 건, 그렇게 자기소개서를 열심히 썼음에도 막상 면접에 들어온 변호사님들은 서류를 미리 읽어보지는 않은 눈치였다는 거다. 열이면 열, 모두 나를 앞에 두고 그제야 서류를 읽으셨다. 그렇게 열 번의 면접을 보면서 나름 두 가지는 깨달았다. 첫째, 어찌 되었든 대부분의 소형 로펌은 면접에서 대표와 쿵짝만 잘 맞으면 된다는 것! 과하게 긴장할 필요도 없다. 그리고 면접에서 대표와 성향이 잘 안 맞는다고 확신했다면 합격하더라도 함께 일하기 쉽지 않을 것이다. 그러니 억지로 맞추지 말고 웃으며 편안한 마음으로 대화한다고 생각해도 좋을 것 같다.

두 번째, 내가 할 수 있는 것과 할 수 없는 것을 분명히 구분해야 하는 것 같다. 당장 어디든 취직하고 싶은 생각에 무조건 Yes를 외쳤다간 나중에 도저히 하기 싫은 일도 울며 겨자 먹기로 해야 할 수도 있다. 나의 경우엔 다른 로펌 면접 중 "로펌의 홍보용 유튜브 채널에 출연해야 한다. 괜찮은가?" 하는 질문을 받았었다. 사실 그때는 어디든 빨리 합격해서 돈을 벌고 싶었기 때문에 무조건 좋다고 했는데 지금 생각하면 그곳에 합격했더라도 유튜브 촬영에는 협조하기 싫었을 것 같다.

깨달음이라고 하기에는 평범한 내용들이지만 그래도 구태여 강조하는 이유가 있다. 많은 이들이 나름대로 나는 똑똑한 사람이고 열심히 살아왔다는 얕은 확신으로 취업 준비에 돌입하지만 몇 번 고배를 마시면 순식간에 그 확신이 사라지고 그때부터는 아무래도 좋다는 사고의 지배를 받게 된다. 하지만 그렇게 선택한 일들은 대개 본인에게 만족스럽지 못하다. 그렇기에 항상 나를 위한 최저선을 만들어 두어야 한다고 생각한다. 이건 언젠가는 이직할 수도 있는 송개미와 곧 취업 시장에 뛰어들 다른 개미들이 꼭 기억했으면 하는 부분이다.

기념비적인
첫 플렉스

플렉스라는 말이 유행한 지 꽤 됐다. 나도 실무 수습 변호사로 일하며 받은 월급으로 나름대로 플렉스해 봤는데 상당히 만족스러웠다. 명품을 구매한다든가 하는 강렬한 한 방은 없지만 이전 같았으면 구매 후보에 올리지도 않았던 것을 구매하며 기분 냈고 또 그렇게 산 것이 사용할수록 맘에 들어서 "이 맛에 돈 버는 거구나!" 하고 깨달았다는 후문.

사람마다 유독 한 맺히는 품목이 있을 텐데 나는 그게 신발이다. 옷이야 저렴한 거 입는다고 크게 불편할 일이 없는데 신발은 대충 샀다간 신을 때마다 고생이다. 게다가 나는 엄지발가락이 좀 크고 둘째발가락이 좀 긴데다 발에 살이 없는데 발등은 또 높다. 그래서 신발 사는 게 정말 쉽지 않았다. 심지어 스무 살에 신발 잘못 사 신었다가 무지외반증도 생겼고 발톱은 또 내성 발톱이라 신발이 발을 조였다간 진짜 힘들어서 기절할 지경. 그렇다고 크게 신으면? 발이 밀려서 뒤꿈치는 빠져나오고 발가락은 신발 내벽에 부딪혀 아프다. 사정이 이렇다 보니 없는 돈 푼푼이 모아서 간신히 산 구두들이지만 전부 신지 못하고 신발장 구석에 박아둔 지 오래다.

그랬던 내가 최근에 백화점에서 신발을 세 켤레 구매했다. 두 켤레는 G브랜드의 구두인데 이 브랜드 신발이 일명 승무원 구두로 유명하단다. 발이 예민하고 사이즈도 맞추기 어렵기 때문에 발등을 스트랩이 잡아주는 메리제인 구두로 구매했다. 발을 안정감 있게 감싸주고 걸을 때 헐떡거리지 않으니 너무 좋아서 날씨 좋으면 매일 출근용 신발로 신는다. 두 켤레에 약 35만 원 정도 들었다.

남은 한 켤레는 T브랜드의 로퍼다. 항상 바지 정장에 로퍼를 신고 싶었기 때문에 전에 다른 브랜드의 저렴한 로퍼를 구매한 적이 있는데 걸을 때마다 뒤꿈치가 빠져나와서 도저히 신을 수가 없었다. 그래서 플렉스하기로 마음먹은 김에 같은 날 백화점 T브랜드 매장에 방문했다. 이때 흡족했던 것은, 235도 240도 애매한 내 발에 맞춰 주문을 넣을 수 있다는 점이었다! 매장 직원은 내 발을 한참 보더니 왼발은 235사이즈로 하되 뒤꿈치 부분을 조이고 오른발은 깔창은 240으로 하되 가죽은 235용 가죽을 사용해서 내 발을 딱 잡아줄 수 있도록 주문을 넣겠다고 했다. 나랑 엄마는 신기해하며 그렇게 해달라고 판단을 완전히 맡겨버렸다. 가격은 아마 20만 원 정도였던 것 같다.

여기에 운동화도 한 켤레 구입했다. 내가 신던 운동화는 온라인에서 19,000원에 구매하여 로스쿨 다니는 3년 동안 신은 것이었는데 깔창이 다 패여서 도저히 신을 수 있는 상태가 아니었다. 그래서 이전부터 예쁘다고 생각했던 L브랜드의 스니커즈를 약 12만 원쯤 주고 구매했다. 여기에 발바닥 아치를 받쳐주는 깔창을 끼워 신으니 다른 신발이 필요 없다 싶을 정도다.

신발 네 켤레에 67만 원, 일시불. 이전의 나로선 상상할 수 없는 지출이고 사실 지금도 몹시 부담스러운 지출이긴 하다. 그러나 친절한 응대, 맞춤 서비스라는 것을 처음으로 제대로 경험해봤고 심지어 신발도 마음에 쏙 들기 때문에 아무런 후회가 없다. 오히려 이러한 지출이 부담스럽지 않을 정도의 경제적 능력을 얼른 갖추고 싶을 뿐이다.

한편으로는 이와 같은 심경이 신기하게 느껴진다. 당시

나는 실무 수습 변호사로 일하고 있었기 때문에 정식 변호사가 1년 차에 받는 급여의 절반에 못 미치는 급여를 받았다. A회사에서 받던 급여보다 실수령액 기준 약 50만 원 정도 높다. 그렇다면 구매력이 그때와 비교했을 때 딱히 어마어마하게 높아진 것도 아닌데 이렇게 큰 지출을 하고도 이토록 마음이 가벼울 수 있다니.

찬찬히 생각해보건대 아마 심경 변화의 기저에 많은 원인이 있겠지만 가장 큰 것은 미래소득에 대한 기대감일 것이다. 정식 변호사가 되면 당장 받는 급여가 두 배 이상이 된다는 것, 그리고 적어도 향후 수년은 이러한 소득을 올릴 수 있으리라는 것. 희망이라는 게 이렇게 좋은 것이다. 지갑을 열게 하고 당장 손에 쥔 것이 없을지라도 그저 행복하게 만든다.

7개월 할부로 지갑을 사게 만드는 일에 관하여

내가 정말 자랑스럽게 생각하는 친구(B라 하겠다)가 있다. 로스쿨 동기이자 함께 변호사 시험에 합격한 친구인데 똑똑하고 본인의 주관이 뚜렷해서 어디 내놓아도 자랑스러울 친구라고 생각해왔다. 그런데 최근 이 친구가 심각한 소식을 전해왔다. 같이 일하는 동기(A라 하겠다)로부터 지속적으로 가스라이팅을 당한 탓에 자존감이 크게 떨어지고 본인의 취향과 소비 패턴에도 영향이 있었다고. 친구의 성정을 잘 아는 나로선 친구가 다른 사람의 말에 휘둘렸다는 소식을 얼른 받아들이기 어려웠다. 하지만 찬찬히 이야기를 듣고 보니 그 심정이 이해되기 시작했다.

말인즉 이러했다. 동기 A는 내 친구 B에게 농담을 가장하여 온갖 것들을 지적했다. 시작은 옷차림이었다. 옷을 왜 그렇게 입고 다니냐, 몸에 맞게 입고 다녀야 남자들이 좋아할 거다, 하는 식으로 말을 했단다. 참고로 여기서 '몸에 맞게'라는 것은 '몸의 굴곡이 드러나게'라는 의미다. 당연히 B는 무시했다. 그러나 표면적으로 친분 있는 사이를 가장하여 A는 사사건건 B에게 간섭하기 시작했다. 이제 막 서른이 된 B에게 "여자는 3년 후면 예선 통과 못 한다"라고 지껄였고, B에게 밝고 선명한 빛깔의 립스틱이 잘 어울리는데도 불구하고 "쥐 잡아먹은 것 같다. 연하게 바르고 다녀라"라고 말했다.

심지어 A가 최근에는 B가 애용하는 지갑이 어느 브랜드의 것인지 집요하게 묻고 무시하기까지 했다고 한다. 이런 무례한 행동은 B와 단둘이 있는 순간뿐 아니라 다른 동기들까지 여럿이 있는 자리에서도 당연한 듯 이어졌다. B는 수개월에 걸친 A의 언행에 점점 지치기 시작했고 급기야는 A가 지적하는 지갑을 들지 않으려고 신용카드만 대강 주머니에 넣고 다니다가 분실하고 말았다. 홧김에 B는 명품 브랜드의 카드 지갑을 7개월 할부로 주문했는데 막상 주문을 하고 나니 하나도 기대되지 않고 가슴이 갑갑하다고 했다. 그리고 정신을 차려 보니 자신도 모르게 연한 색깔의 립스틱만 바르게 되었다고도 말했다.

내가 B의 심정을 이해할 수 있었던 것은, 비록 B와 같이 집요하게 괴롭힘을 당한 것은 아니었으나 나 역시 조언을 가장한 간섭과 가스라이팅에 시달려 보았기 때문이었다. 대학 시절부터 아무렇지도 않게 "개미야, 오빠들 만날 때도 화장해줘"라는 말을 하는 사람이 주위에 있었다. 으레 명품 가방은 하나씩 있어야 한다고들 은연중에 강요했고 특히나 변호사가 된 후에는 명품 옷, 명품 가방과 시계가 없으면 의뢰인들 눈에 능력 없어 보일 것이라는 말이 충고랍시고 주위에서 쏟아졌다.

부유한 동기들 사이에서 힘들게 공부했던 나는 저런 말들에 금방 무너졌다. 명품 쇼핑 사이트들을 돌아다니며 값을 알아보기도 했다. 실행으로 옮기지 못한 이유는 단순했다. 아무리 할부로 구매한다고 해도 명품 가방을 살 여유가 없었기 때문이었다. 저런 강요의 말들을 내 의지로 이겨낸 게 아니고 구매할 여력이 없었기 때문에 못 산 것뿐이었다. 어쨌거나 다행스럽게도 원치 않는 소비를 막을 수 있었기에 B의 강요된 플렉스 이야기를 듣는 내내 속이 상했고 씁쓸한 기분이 들었다.

앞으로 나나 B가 얼마나 더 많은 강요와 괴롭힘에 시달리게 될지 모르겠다. 사회생활을 하면서 아무도 건드릴 수 없는 피라미드의 꼭대기, 먹이사슬의 정점에 오르지 않는 이상

'내가 경험해 봐서 아는데' '내가 너를 위해 말해주는 건데' '네가 아직 경험이 부족해서 잘 모르는 모양인데'와 같은 화두로 우리의 취향과 사고방식까지도 저들 입맛대로 바꾸려 드는 인간들이 주위에 범람할 터다. 아니, 무례한 강요로부터 완전히 차단될 수 있는 사회적 위치라는 게 애초에 존재하기는 할까 싶다.

필사적으로 공부하고 끝내 자신의 힘으로 전문 자격증을 취득해도 몸매를 드러내라느니 청순한 스타일링을 하고 비싼 옷과 가방으로 치장하라는 천박한 말들이 쏟아지는 현실에서 청순하지도 않고 좋은 가방도 없는 내가 감히 지면 귀퉁이를 빌려 말씀 올린다. 내 귀를 막는 것은 내 힘으로 할 수 있으나 그 입을 다물게 만드는 것은 내 의지만으로는 할 수 없으니. 그러니까 남에게 강요하지 말고

부디

너나 잘하시길.

변호사이지만 맨투맨을 좋아합니다

가까운 친구가 최근 이직 소식을 전해 왔다. 스스로 길을 찾는 모습이 멋진 친구라 좋은 소식을 반기며 축하했다. 그런데 친구가 웃음기 있는 말투로 덧붙였다. "이전 직장에서처럼 청바지에 티셔츠 입고 출근했다간 내쫓길 것 같아." 알고 보니 상당히 보수적인 업계로 이직했단다. 그 말을 듣고 나는 어색하게 웃을 수밖에 없었다. 법조계 역시 보수적인 분위기로는 둘째가라면 서러울 정도이고 그 분위기가 복장에서도 여실히 드러나기 때문이다. 서초동 법원 근처에만 가도 비슷비슷한 무채색의 정장을 입고 누런 봉투 혹은 서류 가방을 든 법조인들을 볼 수 있다. 그야말로 시각적 심상을 통한 보수적 분위기의 구현이랄까.

이야기를 살짝 틀어서 잠시 돌이켜보자면 A회사에서 일할 때 가장 좋았던 부분은 복장에 대한 제한이 없었다는 것이다. 물론 지나치게 짧은 하의라든가 노출이 심한 옷은 알아서 지양했지만 그 외에는 정말 편안하게 입을 수 있었으므로 니트와 맨투맨을 마음껏 입었다. 차장님마저도 바람막이에 운동화 차림으로 출근하셨으니 복장에 관해선 얼마나 자유로운 분위기였는지 짐작할 수 있을 거다. 야근으로 힘들 땐 그나마 옷이라도 편해서 다행이라는 생각도 했다.

그리고 회사를 그만둔 후론 거의 맨투맨과 한 몸이 되어 살았다. 여름만 빼고 주구장창 입었다. 로스쿨 입시를 준비할 때나 로스쿨에 입학하여 변호사 시험을 준비할 때도 변함없이 수험생 신분이었으므로 그저 편한 옷만 있으면 됐다. 여기에 체중이 불어가니 옷 치수도 그에 맞춰 점점 달라졌는지라 나중에는 옷이 아니라 이불을 입고 다니는 행색이 되었지만 그건 별로 중요하지 않았다. 맨투맨과 고무줄 바지. 내 영혼의 단짝이었다. 그렇게 나는 약 30년을 편한 옷만 입고 살았다.

그랬던 내가 로펌에 입사하여 출근한 첫날 얼마나 힘들었겠는가. 먼저 일을 시작한 선배들은 법조계는 유독 보수적인 분위기가 강하니까 첫날에는 치마 정장 셋업을 입으라고 조언

해줬고 나는 고분고분 그 조언을 따랐다. 근데 앞서도 언급했지만 나는 수험생활 중 상당히 통통해졌기 때문에 정장을 입고 자리에 앉아 있자니 다리가 저리기 시작했다. 나중에는 의자에 앉아 있는 동안에라도 치마 지퍼를 살짝 풀고 싶은 생각이 간절해졌는데 같은 방에 다른 동기가 있어서 체면을 사수할 수밖에 없었다. 이후로 내가 H라인 치마를 쳐다보지도 않은 건 당연한 귀결일 거다. 사실 정장을 살 때만 해도 진짜 어른이 된 것 같아 살짝 설렜는데 출근 첫날에 이러한 연유로 설렘이 와장창 깨졌다.

법조계에서 일하는 사람들에게 유독 복장 제한이 강한 것은 일종의 품위 유지와 예의 때문이라고 한다. 의뢰인에 대한 예의, 그리고 법원에 대한 예의. 그나마 평소에는 적당히 단정한 차림새이지만 법원에 갈 때면 무채색 정장을 반드시 꽉 갖춰 입는다. 더운 여름에는 정말 곤욕스러운 일이다. 특히 남자 변호사님들은 넥타이까지 매면 체감온도가 상당히 올라간다고 한다. 요새는 6~8월에 복장 간소화를 위해 노타이를 권장한다고 하는데, 실제로 노타이 차림으로 법정에 들어서는 분을 본 적은 없다.

햇병아리 변호사라서 아직 정장에 적응하지 못한 것인지 여전히 나는 맨투맨이 훨씬 좋다. 복장 예절의 필요성을 모르는 바는 아니지만 그래도 조금은 더 편하게 입고 싶다는 철없는 생각이 든다. 동시에 이 불편한 옷을 입고도 업무를 척척 하시는 선배 변호사님들에 대한 존경심이 무럭무럭 솟아난다. 내가 정장에 적응하는 것을 넘어 편안하게 입을 때쯤엔 나의 업무 능력도 대폭 상승해 있으려나. 아직은 한참 먼일 같다.

송개미가 송무를
하게 된 이유

    아주 어렸을 적부터 법조인이 되고 싶었다. 명확한 출처는 기억나지 않지만 소설을 읽다가 등장인물이 사회에서의 법의 기능에 관하여 본인의 관점을 풀어내는 대목에 눈길이 한참 머물렀던 기억이 난다. 아마 초등학교 고학년 때의 일이었을 테다. 나름대로 자신의 오감을 통해 세상을 인식하고 해석하는 나이였으니 내가 읽은 내용에 대해 골똘히 생각하는 게 어찌 보면 당연했다. 책장을 팔락이던 어린 송개미는 이윽고 한 손으로 핸드폰을 조작하며 운전하던 어른, 부모님의 결혼반지를 훔쳤다던 도둑을 떠올리며 법이라는 것이 꼭 필요하다고 결론 내렸다. 그리고 판사가 되면 그 어른들을 벌줄 수 있으니

깐 판사가 되어야겠다고 생각했다.

얼렁뚱땅 가지게 된 장래 희망은 꽤 오래 유지됐다. 중간에 바뀐 적도 없었다. 성장기에 나는 착해서, 어른들에게 예쁨받는 게 얄미워서 등 시답잖은 이유로 약간의 따돌림을 경험하기도 했으므로 자신의 안위를 위해서라도 정의 관념에 더욱목매게 됐고 무조건 법조인이 되고 싶었다. 여기에 A회사에서겪은 성희롱 사건은 이른바 불의라고 낙인찍을 만한 것들을대상으로 하는 내 호승심을 일으켜주었다.

그러나 막상 로스쿨에 입학하고 나서는 진지하게 진로고민을 하게 됐다. 나는 입학 이후의 진로를 미리 대비하지 못했으므로 검사나 재판연구원이 되기는 요원했고 그런 특수한진로로 가지 않는 이상 결국 취업 과정을 거쳐야 했다. 선배들의 이야기를 곁에서 귀동냥하다 보니 일반적으로는 소송과 관련한 업무, 즉 송무를 하는 것과 자문 중심 로펌에서 자문 업무를 하는 것, 사내 변호사가 되는 것 등의 방향을 놓고 취향이나뉜다는 것을 알게 됐다. 나는 A회사에서의 야근 경험 때문에워라밸이 좋다는 사내변호사가 되고 싶은 생각도 내심 품고있었다. 그러나 모종의 사건으로 인하여 송무의 길로 들어서게되었다.

그 사건은 내가 피해자인 사건이었다. 강제 추행이 있었다. 나는 어려서부터 음흉한 표정의 어른 남성과 우는 얼굴의 여자아이가 등장하는 교과서 및 교육자료를 통해 피해자가 할 수 있는 대처라곤 안 돼요, 하지 마세요, 라고 말하는 것뿐이라는 논지의 성교육을 꾸준히 착실하게 받아왔으므로 친분 있던 사람의 추행 행위에 제대로 대처하지 못했다. 아니 애초에 그것이 좀 불편한 어떤 행위라고만 인식했을 뿐 가해자를 '음흉한 표정의 어른 남성'에 대입하지는 못했다. 거기다 여자가 성범죄 피해 사실을 호소하면 "여자가 행실이 바르지 못해서 그랬겠지, 여자가 당할 만하게 굴었겠지, 앞길 창창한 남자애 괴롭히지 마라"라는 식으로 반응하는, 성숙하지 못한 인터넷 여론을 꽤 많이 보았기 때문에 나도 모르게 나 자신의 행동을 검열하기에 바빴다.

그래서 대체 왜 내가 그토록 불편한 것인지 스스로 잘 모르고 시간만 지나던 어느 날, 다른 로스쿨에 다니던 친한 친구와 대학 친구 및 내 동기로부터 자신들이 주변 사람에게 유사한 피해를 입었다는 이야기를 거의 동시에 듣게 되었다. 어떤 피해인지 자세히 적고 싶지는 않다. 그때 나는 몹시 놀라고 공감하고 분노하면서도 한쪽 구석으로는 나 역시 유사한 피해를 입었으나 스스로 자각하지 못했다는 것을 깨달았다. 친근한 손길을 가장해서 내가 원치 않는데도 나를 끌어안고 만지는 누군가가 있었음을. 나는 그제야 그간 응당 느꼈어야 했을 분노와 역한 감정을 속에서 터뜨렸고 그 누군가가 다시 나를 만지던 날 상대에게 소리를 고래고래 지른 뒤 연을 끊었다.

비슷한 시기에 나는 내 친구들을 도울 수 있는 방도를 열심히 궁리했고 그러면 누군가가 나도 도와주면 좋겠다고 생각했다. 결과적으로는 나는 가해자와 개인적인 인연을 끊는 데서 멈추었고 내 친구들도 누군가는 형사 고소에 나아갔지만 일부는 기관의 도움을 받는 것에서 그쳤다. 구체적인 사안의 내용은 다르지만 나는 비슷한 시기에 나와 내 친구들이 모두 어려움을 겪었다는 사실에 속이 상했고 내가 나와 내 주변인들을 지킬 수 있으면 좋겠다고 염원했다. 그리고 그 단순한 소망은 시간이 흐르며 송무 변호사가 되어 개인의 권리를 지키는 일에 직접 조력하겠다는 희망 진로가 되었다.

물론 실제로 일을 하다 보면 내 가치관과 맞지 않는 일도 하게 되고 피해자보다는 가해자를 대리할 일이 왕왕 생긴다. 그러나 그게 싫다고 내가 원하는 일을 할 기회를 날려버릴 이유는 없으니까 당분간 이 일을 계속하지 않을까 싶다. 변호사가 되겠다고 공부하던 나조차도 정작 내가 겪은 일에 대해선 혼란스럽고 어찌하면 좋을지 몰라 힘들었으니 분명 어딘가에는 나보다 더 곤란해하는 누군가가 있을 것이다. 당시의 나를 돕는다는 마음으로 그에게 조력하고 싶다.

법이 많이 부족하다

『김철수는 유난히 가부장적이고 폭력적인 아버지와 그런 아버지를 단 한 차례도 이겨본 적 없는 어머니를 두었다는 것 외에는 평범한 학생이었다. 적당한 성적을 받았고 대도시가 아닌 곳에서 조용히 학창 시절을 보냈다. 그러나 김철수가 대입에 실패하면서 문제가 불거졌다. 김철수의 아버지는 김철수를 모자란 자식 취급하며 부끄러워했고 김철수의 어머니는 다친 자식의 마음을 만져주지 않았다. 도피하듯 입대한 김철수는 하필 성질 고약한 선임을 만나 사소하고도 잔인한 일들을 겪었고 대입 실패라는 결과를 받아들었을 무렵부터 생긴 우울증이 심해졌다.

이제 김철수는 더는 평범한 사람이라 말할 수 없을 정도로 마음이 피폐해졌다. 그의 아버지는 더욱 그를 부끄러워했고 과음한 날에는 무기력하게 늘어진 채 반항할 생각도 하지 못하는 김철수를 폭행했다. 어느 날 김철수는 덤덤히 손목을 그었다. 그러나 바란 대로 죽지는 못했다. 일상으로 돌아온 김철수는 아무도 자신을 알지 못하는 곳에서 살고 싶다는 열망을 품었다. 김철수는 대도시로 상경해 창문 없는 고시원 셋방에서 살며 주점 아르바이트를 하여 돈을 모았다. 식사는 고시원에서 맨밥으로 해결했다. 낮에는 나름대로 외국어 공부도 차근차근하며 적지 않은 돈을 모으게 되었다.

마침내 모든 준비가 끝났다는 생각이 든 김철수는 자신이 모은 3,000만 원 중 2,000만 원을 어머니에게 맡기고 한국을 떠났다. 도착한 곳에서도 김철수는 열심히 직업 학교 코스를 마쳤고 마침내 한 달 후면 일을 시작할 수 있게 되었다. 기대감이 마구 부풀어 올랐을 그 무렵, 코로나바이러스가 퍼졌다. 김철수의 취업은 무기한 연기됐다. 김철수의 비자로는 아르바이트도 할 수 없었다. 한국에 돌아가야만 했다. 그러나 김철수는 한국에 돌아가기 무서웠다. 어떻게든 새로운 곳에서 뿌리 내리고 힘든 시기가 지나갈 때까지 버티고 싶었다.

하지만 그때 어머니가 청천벽력 같은 말을 건넸다. 김철수가 맡긴 돈으로 장사를 하려고 식당을 열었다가 망해버려 문을 닫았다는 것이다. 믿을 것이라곤 그간 모은 돈뿐이었는데 그 돈이 모두 사라져버린 것이다. 그야말로 인생의 갈림길이라는 생각이 들던 그 시점, 김철수는 돌이킬 수 없는 선택을 하고 만다. 김철수는 그전까지 아동·청소년이 등장하는 성 착취물이 돈이 된다는 사실을 몰랐다. 그러나 알고 나자 이걸 이용해서라도 돈을 벌어 생활을 유지하고 싶어졌다. 그렇게 약 8개월 동안 700만 원의 돈을 벌었을 무렵 김철수의 행위가 수사기관에 적발됐다.』

먼저 확실하게 밝혀두고 싶은 것은, 내게 김철수를 옹호할 생각은 없다는 것이다. 그는 범죄를 저질렀고 그가 한 행위는 아동·청소년을 성범죄로부터 특별히 보호하고자 하는 사회의 약속을 어기는 것이었다. 그렇기 때문에 나는 김철수를 동정하거나 그가 져야 할 죄의 무게추를 덜어줄 마음도 없다. 그러나 한 번씩 김철수를 떠올릴 때면 어쩔 수 없이 많은 감상이 떠오르게 되고 결국에는 법이란 태생적으로 부족한 것이라는 생각을 하곤 한다.

아직 경험이 부족한 내가 벌써부터 이런 결론을 내리는 것이 타당한지 잘 모르겠지만. 법은 김철수와 같은 사람을 처벌하고 난 이후의 문제는 알려주지 않는다. 김철수는 어떻게든 사회의 평범한 일원으로 편입되고 싶어 하는 사람이었다. 김철수와 같은 어린 시절을 보냈다고 모두 다 범죄자의 길로 빠지는 것은 아니지만 평온한 어린 시절을 보낸 사람보다 나쁜 길로 빠지기 쉬운 것이 사실이다. 김철수의 죄는 김철수가 저지른 것이므로 그 죗값을 묻는 것이 온당하겠지만 애초에 김철수가 범죄에 빠질 만한 환경에 놓이지 않도록 충분한 보호를 받을 수 있었다면 더 좋았을 것이다.

결국 법은 김철수를 처벌하기 전후에 관하여는 알려주지 못하기 때문에 나는 약한 회의감을 느꼈다. 내가 변호사가 되고 싶었던 이유, 그중에서도 송무를 하고 싶었던 이유가 물론 나 개인을 위한 이유도 있었지만 적어도 이 직업을 택함으로써 사는 동안 내가 분명히 사회와 정의 실현에 기여할 것이 크다고 믿었다. 그러나 내가 할 수 있는 것은 김철수의 처벌이 이루어지는 그 절차에 잠시 관여하는 것뿐이었다.

말로 설명할 수 없는 감정에 며칠간 잠겨 있던 나는 호통 판사로 유명한 천종호 판사님의 책을 몇 권 찾아 읽었다. 비위 행위를 저지른 청소년들을 오랜 시간 지켜보았을 선배 법조인의 시선이 궁금해서였다. 내가 이미 김철수의 사건을 접한 이후였기 때문이었을까. 책에서는 보호처분을 내릴지 결정하는 자체보다 그 이후의 일이 중요하다는 것과 청소년들을 보호하고 제대로 교육할 기관이 필요하다는 메시지가 반복적으로 읽혔다. 단 한 건의 사건만으로 상당한 무력감을 느끼고 있던 내게 그 책은 작은 위안이 됐다.

그래서 다시 생각을 정리한다. 법만으로는 부족하다. 법은 보통은 늦고 최소한의 것들을 규율한다. 그렇기 때문에 법조인으로서 내가 무언가 대단한 일을 하고 있다고 생각하지 않는다. 내가 관여하는 것은 아주 짧은 절차에 불과하며 이것만으로는 바꿀 수 있는 것이 그다지 크지 않을 수 있다는 것을 받아들이고 그럼에도 불구하고 그 한계 안에서 죽을 각오로 노력하고 싶다.

서른이 되었습니다

나는 어릴 때부터 유독 서른이라는 나이에 동경이 컸다. 30대의 시작점. 내 머릿속에서 마치 20대는 여기저기서 시행착오를 필히 겪고 방랑도 반드시 해보고 시련을 떡국의 고명처럼 머리 꼭대기에 얹어 둔 채 살다가 10년이 지나면 그때 내가 흔들렸기에 아름다웠노라고 회상되하는 시기 같았다. 실제로 나는 20대를 꽤 구질구질하게 보냈고 가장 놀기 좋고 경험 쌓기 좋다는 대학 시절에 고생만 하며 살았기 때문에 30대엔 마법처럼 짠! 하고 삶이 바뀌길 바랐다.

그래서 실제로 서른 살에 무엇을 했냐면, 시시하게도 열람실에서 공부나 했다. 서른으로 넘어가는 밤에도 30대가 된다는 감상보단 로스쿨 3학년이 된다는 두려움이 컸다. 나이 앞자리 숫자 좀 바뀌었다고 갑자기 지력이 높아지거나 하는 건 아니었으므로 당장 시험 준비에 충실해야 했다. 다만 내 인생은 변호사 시험에 합격하는 31세부터 달라질 것이란 막연한 기대가 그때까지도 있었다.

한편으로는 나의 이런 발상이 좀 우습다는 자각도 있었다. 왜냐면 나이는 숫자이기 때문이지. 하필 우리가 십진법을 따르니까 우리 나이도 10단위로 끊어지는 것뿐, 우리 삶은 연속성이 있는데 숫자의 경계에 따라 격이 달라지는 게 아니라는 걸 알기 때문이지. 29세 송개미는 20대이지만 20세 송개미보다는 30세 송개미와 육체적으로도 정신적으로도 더 닮은 것처럼 말이다.

물론 새로운 자격증이 하나 생겨서 이 30대를 부끄럽지 않게 맞이한 것은 다행이지만 그것보다 중요한 것은 오늘을 더 잘살아보자고 마음먹고 제대로 덤벼보는 태도가 아닐까. 나는 내일도 모레도 꽤 괜찮게 살고 싶고 그런 나의 오늘은 내일 맞이할 하루와 닮았을 테니 말이다.

앞으로 쓸
10년의 일기

25살에 과거에 만나던 애인으로부터 결혼하자는 말을 처음 들었을 때 가장 먼저 떠오른 감정은 공포였다. 연애한 지 한 달쯤 지난 시점에 달콤한 감정에 취해 내뱉은 말이었을 것임이 분명한데도 나는 한동안 그 말의 무게에 짓눌려 살았다. 평범하게 가부장적인 남자와 결혼하여 아내 역할을 수행하며 살고 싶지 않았다. 언제나 착한 딸, 부모님에게 힘이 되어주는 딸, 자기 앞가림을 스스로 하는 딸. 딸이라는 단어에 깃든 참 많은 결의 역할을 수행하며 살아왔기 때문에 한 번쯤은 실컷 나 자신으로 살아보고 싶었다. 그래서 그렇게 살아보기도 전에 또 다른 역할을 부여하려는 애인이 무섭게 느껴졌다.

그 이후 없는 형편에도 로스쿨에 진학한 죄로 나의 기호, 취미 등 모든 것을 깡그리 잊고 지냈다. 동기들은 이따금 기분 전환을 위해 여행도 하고 맛집 투어도 하는데 그걸 부러운 눈으로 바라보며 법학관 안에서만 갇혀 살았다. 변호사가 되면 좀 나아질 줄 알았는데 내 빚과 내 집안의 빚을 갚느라 한동안 숫자만 계산하고 살았다. 그러나 앞으로의 10년은 철저히 나를 알아가며 살고 싶다. 변호사라는 직업과 분리된 나. 누군가의 딸이 아닌 그저 송개미. 그렇게 살기 위해 구체적으로 무얼 하고 싶은지 생각해봤는데 이건 바로 그 버킷리스트다.

먼저, 여행을 가고 싶다. 첫 해외여행을 하면 얼마나 설렐까. 가고 싶은 후보지도 많다. 친한 언니가 부탄 여행을 다녀온 뒤 여행기를 책으로 낸 적이 있는데 나도 그곳에 가면 그곳의 행복을 입고 올 수 있을 것 같다. 한편으로는 마르그리트 뒤라스의 소설 《연인》을 읽으며 메콩강에 가보고 싶어졌다. 과일이 저렴하다는 동남아시아를 실컷 돌아다녀도 좋을 거다. 아니면 모차르트를 좋아하니까 오스트리아도 좋겠지. 잘츠부르크 음악제에 가고 싶다. 음악제가 개최되는 동안 현지인처럼 방을 구해 식재료를 사다 직접 음식도 해 먹고 낮에는 근처를 걷다가 아이스크림도 사 먹고 싶다.

둘째, 글을 쓰겠다. 법률문서가 아닌 내가 진정 쓰고 싶은 글을 쓰겠다. 법조인으로 살며 느낀 소회를 담은 에세이, 직업 생활 경험을 바탕으로 구상한 법정 드라마, 나보다는 좀 더 괜찮고 현명하게 인생을 돌파하는 개미 캐릭터가 등장하는 소설, 아니면 서른 넘어 비로소 해외여행에 눈뜬 사람이 각지를 돌아다니며 느낀 것을 풀어내는 여행기. 무엇이든 좋다. 글을 쓰는 유일한 동기가 나 자신인 글을 쓰고 싶다. 출판하지 않고 노트북 속에 묵혀도 좋다.

셋째, 취미생활을 하고 싶고 잘하고 싶다. 발레나 재즈댄스를 배우며 몸을 움직이는 즐거움, 일상에서는 쉬이 나올 수 없는 신체의 아름다움을 직접 구현해보는 희열을 느끼고 싶다. 가까운 사람과 테니스, 배드민턴, 탁구처럼 2인 이상 필요한 스포츠를 정기적으로 즐기고 싶다. 그러면서도 한편으로는 서예를 배우고 싶다. 이 험난한 세상에 조각배처럼 동동 떠다니면서 풍랑에 휩쓸리지 않으려면 내 마음을 잡아주는 정적인 취미가 꼭 필요할 것 같다. 그리고 취미생활을 즐기기 위해 정기적으로 여유시간을 확보해서 나 자신을 위해주고 싶다.

마지막으로, 가족들을 마음껏 사랑하고 싶다. 가족들로부터 기대와 역할을 부여받은 딸로서가 사랑하는 것이 아니라 그저 내 마음이 흐르고 넘치는 대로 가족들을 사랑하고 싶다. 얼마 전 오빠가 이직 소식을 알려왔다. 마지막으로 사무실을 빠져나온 뒤 버스정류장에 앉아 엄마에게 전화를 걸었다고 한다. 그 이야기를 듣던 순간 불현듯 언젠가는 그런 쓸쓸함을 느껴도 전화를 받아줄 부모님이 계시지 않을 거란 생각이 들었다. 안 그래도 최근 들어 부모님 몸에 이상징후들이 포착되기 시작한 터였다. 정말로 함께할 수 있는 시간이 내 바람보다 짧을지도 모르겠다는 현실적인 두려움을 느꼈다.

내 이야기를 쓰면서 내가 그저 착하고 야무진 딸이었던 것처럼 서술했지만 알게 모르게 나는 가족들에게 약간의 경계심을 보이며 살아왔다. 내가 하는 노력과 헌신이 당연하게 여겨지는 것은 아닌지 경계했다. 나와 오빠를 차별대우하는 것은 아닌지 의심했고 의심에 나름대로 근거가 있다고 생각되는 날에는 부모님을 원망했다. 원망을 속으로 삭힌 적도 많지만 드러내기도 하였다. 세상 그 누구보다 가족들을 사랑하면서도 가족들을 힘껏 사랑할 수가 없었다.

이제는 나의 역할과 의무에 구애되지 않고 넓은 마음과 여유를 가지고 가족들을 대하고 싶다. 가족들 역시 그럴 수 있기를 바란다. 고통의 시간 중 많은 부분을 보낸 곳이 가정이었던 만큼 우리에게 허락되는 시간이 고통을 겪었던 시간보다 길었으면 좋겠고 그 모든 시간을 있는 힘을 다하여 서로 아끼고 소중히 하며 보낼 수 있었으면 좋겠다.

서울시 고생구 낙원동 개미가 말했다

초판 1쇄 발행 · 2022년 6월 3일

지은이 · 송개미
발행인 · 이종원
발행처 · (주) 도서출판 길벗
브랜드 · 더퀘스트
주소 · 서울시 마포구 월드컵로 10길 56 (서교동)
대표전화 · 02) 332-0931 | **팩스** · 02) 322-0586
출판사 등록일 · 1990년 12월 24일
홈페이지 · www.gilbut.co.kr | **이메일** · gilbut@gilbut.co.kr

책임편집 · 허윤정(rosebud@gilbut.co.kr) | **제작** · 이준호, 손일순, 이진혁
영업마케팅 · 한준희, 김선영, 류효정 | **영업관리** · 김명자 | **독자지원** · 윤정아

디자인 · 스튜디오 진진 | **CTP 출력 및 인쇄** · 금강인쇄 | **제본** · 금강제본

ISBN 979-11-6521-993-2 (03810)
(길벗 도서번호 040203)
정가 16,000원

독자의 1초를 아껴주는 정성 길벗출판사

길벗 | IT실용서, IT/일반 수험서, IT전문서, 경제실용서, 취미실용서, 건강실용서, 자녀교육서
더퀘스트 | 인문교양서, 비즈니스서
길벗이지톡 | 어학단행본, 어학수험서
길벗스쿨 | 국어학습서, 수학학습서, 유아학습서, 어학학습서, 어린이교양서, 교과서

페이스북 | www.facebook.com/thequestzigy
네이버 포스트 | post.naver.com/thequestbook